Österreich · Austria · Autriche

Fotos von Hans Wiesenhofer

Ös

Verlag Anton Schroll & Co · Wien und München

mit Texten von Sylvie Keusch

terreich

1. AUFLAGE 1989

Gestaltung: Eva Völkel
Printed in Austria, Agens-Werk Geyer + Reisser, Wien
ISBN 3-7031-0654-9

1

Wien

Vienna

Vienne

Vienna

415 km^2; lt. Zählung 1981 1,531.346 Einwohner.
0,5 % der Fläche, 20,2 % der Einwohner, 27,9 % der Bruttowertschöpfung Österreichs; kleinstes Bundesland mit größter Einwohnerzahl; liegt am Schnittpunkt europäischer Hauptverkehrslinien; bereits seit der Jungsteinzeit Siedlungsgebiet; Römerlager Vindobona; als Wenia 881 erstmals urkundlich genannt; Residenz der Babenberger, Rastplatz der Kreuzfahrer; Stadtrecht seit 1221; in 23 Bezirke gegliedert; Zentrum des Landes; Bundeshauptstadt.

Salzburg

Salzburg

Salzbourg

Salisburgo

7154 km^2; lt. Zählung 1981 442.301 Einwohner.
8,5 % der Fläche, 5,9 % der Einwohner, 6,4 % der Bruttowertschöpfung Österreichs; Paßland, zugleich annähernd identisch mit Einzugsgebiet der Salzach; vom Alpenhauptkamm bis ins Alpenvorland reichend. Besitz der Salzburger Erzbischöfe bis 1803. Alte Einteilung in Gaue: Pinzgau, Pongau, Tennengau, Flachgau und Lungau; Äcker und Gärten 2 % der Fläche, liegen vor allem im außeralpinen Teil; Wiesen, Weiden und alpines Grünland 41 %, bedeutende Viehzucht; Wald 34 %, jedoch z. T. auf Steilhängen, Holzwirtschaft; Wasserkräfte stark ausgebaut; vielseitige Industrie; sehr reger Fremdenverkehr; in Grenzlage Landeshauptstadt Salzburg.

Tirol

The Tirol

Tyrol

Tirolo

12.647 km^2, lt. Zählung 1981 586.663 Einwohner.
15,1 % der Fläche, 7,8 % der Einwohner, 8,3 % der Bruttowertschöpfung Österreichs; Hochgebirgs- und Paßland zwischen BRD und Italien, nach Schloß Tirol bei Meran benannt; 1363 zu Habsburg, 1803 durch Einbeziehung des Bistums Trient weit nach Süden vergrößert. 1918/20 zerrissen: Südtirol ging an Italien. Acker- und Gartenfläche rd. 2 %; Wiesen, Weiden, alpines Grünland 33 %, bedeutende Rinderzucht; Wald 34 %; über ein Drittel des alpinen Grünlandes Österreichs, höchstgelegene bäuerliche Siedlungen Österreichs; führendes Bundesland im Fremdenverkehr; Landeshauptstadt Innsbruck.

415 km²; population 1,531,346 (census 1981).
0.5 % of the area, 20.2 % of the population, 27.9 % of the Gross National Product of Austria, smallest Federal Province with the largest number of inhabitants; lies on the crossroads of main European traffic ways; inhabited since the New Stone Age; Roman camp Vindobona; first documented as Wenia in 881; seat of the Babenbergs, rest area for Crusaders; town charter since 1221; capital and residence of the Hapsburgs; divided into 23 Town Districts; centre of the state; Federal capital.

415 km²; 1.531.346 habitants selon le recensement de 1981. 0,5 % de la superficie, 20,2 % de la population, 27,9 % de la valeur ajoutée brute de l'Autriche; Vienne est la plus petite et la plus peuplée des provinces fédérales; située à l'intersection des principales lignes de trafic européennes; colonisée depuis le néolithique; camp romain: Vindobona; mentionnée pour la première fois dans un document sous le nom de Wena en 881; résidence des Babenberg, arrêt des croisés; droit de cité depuis 1221; capitale et résidence des Habsbourg, divisée en 23 arrondissements; centre du pays; capitale de la République fédérale.

415 km²; secondo il censimento del 1981 1.531.346 abitanti.
Lo 0,5 % della superfice dell'Austria, il 20,2 % degli abitanti, il 27,9 % della prestazione economica lorda; la regione più piccola con il maggior numero di abitanti; è posta al punto d'incontro delle vie di comunicazione europee principali; territorio di insediamento già nell'era neolitica; accampamento di romani Vindobona; indicata con il nome di Wenia nell'881 per la prima volta in un documento; residenza dei Babenberger, luogo di sosta dei crociati; diritto civico dal 1221; capitale e luogo di residenza del regno asburgico; suddivisa in 23 distretti; centro del paese; capitale della regione.

7,154 km²; population 442,301 (census 1981).
8.5 % of the area, 5.9 % of the population, 6.4 % of the Gross National Product of Austria; many mountain passes, principally in the area of the River Salzach; stretching from the main Alpine ridge into the Alpine foothills. Property of the Salzburg Archbishops until 1803. Former division into gaus (districts): Pinzgau, Pongau, Tennengau, Flachgau and Lungau; arable land and gardens 2 % of the area, principally lying in the non-Alpine areas; meadow, pasture and Alpine grassland 41 %, important livestock breeding; 34 % wooded, at present on steep slopes, timber industry; hydro power heavily exploited; industry in many sectors; intensive tourist trade; Provincial capital Salzburg.

7154 km²; 442.301 habitants selon le recensement de 1981. 8,5 % de la superficie, 5,9 % de la population, 6,4 % de la valeur ajoutée brute de l'Autriche. Province à nombreux cols située le long des rives de la Salzach et s'étendant depuis la chaîne principale des Alpes jusqu'aux Préalpes. En possession des archevêques de Salzbourg jusqu'en 1803. Vieille division en Gaue (districts): Pinzgau, Pongau, Tennengau, Flachgau et Lungau; les terres cultivables et horticoles couvrant 2 % de la superficie se trouvent surtout dans la partie non alpine; près, pâturages et alpages 34 %, situés partiellement sur pentes; industrie du bois; centrales hydrauliques, industrie diversifiée, très important tourisme; capitale: Salzbourg.

7154 km²; secondo il censimento del 1981 442.301 abitanti.
L'8,5 % della superfice dell'Austria, il 5,9 % degli abitanti, il 6,4 % della prestazione economica lorda dell'Austria; regione di passi, disposta prevalentemente nel bacino idrografico del Salzach; va dalla cresta delle Alpi fino alla zona antistante le Alpi. Di proprietà degli arcivescovi di Salisburgo fino al 1803. Antica suddivisione in province: Pinzgau, Pongau, Tennengau, Flachgau e Lungau; campi e giardini per il 2 % della superfice, soprattutto nella zona extra-alpina; prati, pascoli e pascoli alpini per il 41 %, grandi allevamenti di bovini; boschi per il 34 %, ma in parte su pendii ripidi, economia del legno; utilizzazione intensa delle forze idriche; diversi rami dell'industria; turismo molto intenso; capitale della regione Salisburgo.

12,647 km²; population 586,663 (census 1981).
15.1 % of the area, 7.8 % of the population, 8.3 % of the Gross National Product of Austria; high mountain area with passes between Federal Republic of Germany and Italy, named after Castle Tirol near Meran; 1363 came to the Hapsburgs, 1803 enlarged to the South through inclusion of the Bishopric of Trient. Dismembered 1918/20: Southern Tirol ceded to Italy. Arable and gardens ca. 2 %; meadow, pasture, Alpine grassland 33 %, important cattle breeding; 34 % wooded; over a third of the Alpine grassland of Austria, the highest farming settlements in Austria; leading province for tourist trade; Provincial capital Innsbruck.

12.647 km²; 586.663 habitants selon le recensement de 1981. 15,1 % de la superficie, 7,8 % de la population, 8,3 % de la valeur ajoutée brute de l'Autriche. Région de hautes montagnes et de cols entre la RFA et l'Italie, nommée d'après le château Tyrol près de Merano. Passa aux Habsbourg en 1363, fut agrandi vers le Sud en 1803 par l'incorporation de l'évêché de Triente. Disloqué en 1918/1920: le sud du Tyrol passa à l'Italie. Terres cultivables et horticoles 2 %; près, pâturages et alpages 33 %, important élevage de bovins; forêts 34 %; plus de 1/3 des alpages, hameaux paysans les plus hauts situés de l'Autriche; première région touristique; capitale: Innsbruck.

12.647 km²; secondo il censimento del 1981 586.663 abitanti.
Il 15,1 % della superfice, il 7,8 % degli abitanti dell'Austria, la percentuale della prestazione economica lorda dell'Austria ammonta all' 8,3 %, regione di alta montagna e di passi tra la RFT e l'Italia, chiamata così secondo il castello di Tirolo presso Merano; nel 1363 passò agli Asburgo, nel 1803 venne ingrandita grazie all'inclusione dell'episcopato di Trento verso il sud. Nel 1918/20 fu suddivisa: il Tirolo meridionale passò all'Italia. Campi e giardini per il 2 %, prati, pascoli, pascoli alpini per il 33 %, grandi allevamenti di bovini; boschi per il 34 %; rappresenta più di un terzo dei pascoli alpini dell'Austria, i più alti insediamenti rurali in Austria; al primo posto nel turismo rispetto alle altre regioni; capitale della regione Innsbruck.

Niederösterreich
Lower Austria
Basse-Autriche
Bassa Austria

19.172 km²; lt. Zählung 1981 1,427.849 Einwohner.
22,9 % der Fläche, 18,9 % der Einwohner, 15,8 % der Bruttowertschöpfung Österreichs; ursprüngliches Kernland des Staates, nach Abwehr der Ungarn um 970 Ostmark zwischen Großer Rodl und Enns im Westen, Traisen und Krems im Osten; 976 an die Babenberger, um 990 bis an den Wienerwald, um Mitte des 11. Jahrhunderts bis an March und Leitha ausgedehnt; 1254 gingen Teile der Steiermark zu Niederösterreich; 1918 Grenzänderungen im Nordwesten zugunsten der Tschechoslowakei; größtes Bundesland; Äcker, (Wein-)Gärten rd. 40 %; Wiesen, Weiden, etwas alpines Grünland 12 %; Wald 36 %; Inländer-Fremdenverkehr; seit 1988 Landeshauptstadt St. Pölten.

Steiermark
Styria
Styrie
Stiria

16.387 km²; lt. Zählung 1981 1,186.525 Einwohner.
19,5 % der Fläche, 15,7 % der Einwohner, 12,5 % der Bruttowertschöpfung Österreichs; der Name wurde von Markgrafen von Steyr (heute Oberösterreich) abgeleitet, 1192 unter Babenberger-Herrschaft. Wachstum gegen Südosten und Süden vom Talnetz begünstigt; Südgrenze bis 1918 an der Save; vorwiegend slowenische Untersteiermark fiel an Jugoslawien; Acker- und Gartenland rd. 11 % der Fläche; Wiesen, Weiden und Almen 22 %, Viehzucht; Wald 53 %, ein Viertel des gesamten österreichischen Bestandes; Bergbau auf Eisenerz, Braunkohle, Magnesit und anderes; wegen Wald- und Eisenreichtums erhielt es den Beinamen „grüne, eherne Mark"; Landeshauptstadt Graz.

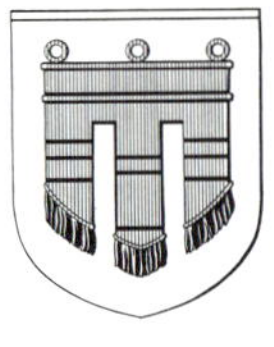

Vorarlberg
Vorarlberg
Vorarlberg
Vorarlberg

2601 km²; lt. Zählung 1981 305.164 Einwohner.
3,1 % der Fläche, 4 % der Einwohner, 4,3 % der Bruttowertschöpfung Österreichs. „Ländle" westlichstes und (außer Wien) kleinstes Bundesland mit geringster Einwohnerzahl; Bevölkerung Alemannen, sprechen dem Schweizerischen und Schwäbischen verwandte Mundarten. Grafschaften „vor dem Arlberg" zwischen 1363 und 1765 von den Habsburgern erworben. Äcker und Gärten nur rd. 1 % der Fläche, Wiesen, Weiden, alpines Grünland 45 %, hochentwickelte Molkereiwirtschaft; 1 % Grünland; 29 % Wald; stark industrialisiert; sehr lebhafter Fremdenverkehr, besonders Wintersaison; Landeshauptstadt Bregenz.

19,171 km²; population 1,427,849 (census 1981).
22.9 % of the area, 18.9 % of the population, 15.8 % of the Gross National Product of Austria; original core province of the state after the Hungarians had been repulsed around 970 Ostmark (East March) between the Grosser Rodl and the Enns in the West, the Traisen and the Krems in the East; came 976 to the Babenbergs, extended around 990 to the Vienna Woods and around the middle of the 11th century to the March and the Leitha; in 1254 parts of Styria to Lower Austria; in 1918 boundaries revised in the Northwest in favour of Czechoslovakia; largest Federal Province; arable land and gardens (vinyards) ca. 40 %; meadow, pasture, some Alpine grassland 12 %; 36 % wooded; domestic tourism; Federal capital since 1988 St. Pölten.

16,387 km²; population 1,186,525 (census 1981).
19.5 % of the area, 15.7 % of the population, 12.5 % of the Gross National Product of Austria; named after the Margraves of Steyr (now in Upper Austria), 1192 under Babenberg overlordship. Growth favoured towards South-east and South by valley system; southern frontier on the Save until 1918; the primarily Slovenian Lower Styria ceded to Yugoslavia; arable land and gardens ca. 11 % of the area; meadow, pasture and mountain pasture 22 %, livestock breeding; 53 % wooded, a quarter of the Austrian total; iron ore, lignite, magnesite and other mining; because of its woods and iron it is called the "green, iron Mark"; Provincial capital Graz.

2,601 km²; population 305,164 (census 1981).
3.1 % of the area, 4 % of the population, 4.3 % of the Gross National Product of Austria; the "Ländle", the most westerly and (apart from Vienna) the smallest Federal Province with the least number of inhabitants; populated by Alemanians speaking a dialect related to Swiss and Swabian. Country "vor dem Arlberg" (before the Arl Mountain) between 1363 and 1765 acquired by the Hapsburgs. Arable land and gardens only ca. 1 % of the area; meadow, pasture, Alpine grassland 45 %, highly developed dairy farming; 1 % grassland; 29 % wooded; heavily industrialized; buoyant tourist trade, especially in winter season; Provincial capital Bregenz.

19.172 km²; 1,427.849 habitants selon le recensement de 1981.
22,9 % de la superficie, 18,9 % de la population, 15,8 % de la valeur ajoutée brute de l'Autriche; berceau de la nation autrichienne après la victoire sur les Hongrois; marche de l'Est autour de 990, entre le Grosser Rodl et l'Enns à l'ouest, Traisen et Krems à l'est; la Maison de Babenberg hérita de la marche en 976; au milieu du 11ᵉ siècle expansion jusqu'à la March et la Leitha; en 1254, une partie de la Styrie fut attribuée à la Basse-Autriche; en 1918, rectification des frontières au nord-ouest en faveur de la Tchécoslovaquie; la Basse-Autriche est la plus grande des provinces autrichiennes; terres cultivables et horticoles, vignobles 40 % environ; près, pâturages et quelques alpages 12 %; forêts 36 %; tourisme surtout autrichien; capitale: depuis 1988, St. Pölten.

16.387 km²; 1,186.525 habitants selon le recensement de 1981.
19,5 % de la superficie, 15,7 % de la population, 12,5 % de la valeur ajoutée brute de l'Autriche; en 1192, sous le règne de Babenberg, la Styrie fut réunie par les margraves de Steyr (aujourd'hui Haute-Autriche) qui lui donnèrent leur nom. Expansion vers le sud-est et le sud favorisée par un réseau de vallées; la frontière sud se trouvait jusqu'en 1918 sur la Save; la basse Styrie, essentiellement slovène, fut attribuée à la Yougoslavie; les terres cultivées et horticoles couvrent 11 % environ de la superficie, les près, pâturages et alpages 22 %; élevage; forêts 53 %, soit un quart des forêts de l'Autriche; exploitation de mines de fer, de lignite, de magnésite et autres; sa richesse en bois et en fer lui valut le surnom de »marche verte d'arain«; capitale: Graz.

2601 km²; 305.164 habitants selon le recensement de 1981.
3,1 % de la superficie, 4 % de la population, 4,3 % de la valeur ajoutée brute de l'Autriche. Le »Ländle« ou »petit pays« est le plus petit Etat fédéral (en dehors de Vienne) qui compte aussi le moins d'habitants. Il est situé à l'extrémité occidentale de l'Autriche. La population est de race alemanique et parle un dialecte semblable à celui de la Suisse et de la Souabe. Les comtés »devant l'Arlberg« ont été acquis par les Habsbourg entre 1363 et 1765. 1 % seulement de la superficie est couvert de terres cultivables et horticoles. Les près, pâturages et alpages représentent 45 %; industrie laitière très moderne; 1 % de prairies, 29 % de forêts; forte industrialisation; tourisme très développé, surtout en hiver; capitale: Bregenz.

19.172 km²; secondo il censimento del 1981 1.427.849 abitanti.
Il 22,9 % della superfice dell'Austria, il 18,9 % degli abitanti, il 15,8 % della prestazione economica lorda; in origine nucleo del paese, dopo la resistenza contro gli ungheresi intorno al 970 divenne marca orientale tra il Grosser Rodl e l'Enns a ovest, tra Traisen e Krems a est; nel 976 passò ai Babenberger, nel 990 fu ampliata fino al bosco viennese e verso la metà dell'11° secolo fino al March e al Leitha; nel 1254 alcune parti della Stiria passarono alla Bassa Austria; nel 1918 si ebbero modificazioni dei confini a nord-ovest a favore della Cecoslovacchia; la regione più grande; campi, vigneti per il 40 %; prati, pascoli, qualche pascolo alpino per il 12 %; bosco per il 36 %; turismo interno; dal 1988 la capitale della regione è St. Pölten.

16.387 km²; secondo il censimento del 1981 1.186.525 abitanti.
Il 19,5 % della superfice, il 15,7 % degli abitanti dell'Austria, il 12,5 % della prestazione economica lorda dell'Austria; il nome deriva dal margravio di Steyr (oggi Alta Austria), dal 1192 sotto la dominazione dei Babenberger. Sviluppo verso il sud-est ed il sud favorito dalla rete valliva; confine meridionale fino al 1918 al Save; la Stiria meridionale con maggioranza slovena passò alla Jugoslavia; l'11 % della superfice costituito da campi e giardini; prati, pascoli e pascoli alpini per il 22 %, allevamento di bovini; 53 % di boschi, un quarto della superfice forestale dell'Austria; miniere di ferro, lignite, magnesite e altro; per la sua ricchezza di boschi e di ferro essa venne denominata „marca verde, ferrea"; capitale della regione Graz.

2601 km²; secondo il censimento del 1981 305.164 abitanti.
Il 3,1 % della superfice, il 4 % degli abitanti dell'Austria, il 4,3 % della prestazione economica lorda dell'Austria. La regione più occidentale e (eccetto Vienna) la più piccola con il minore numero di abitanti; popolazione di alemanni che parlano dialetti simili allo svizzero e allo svevo. Le contee „davanti all'Arlberg" (significato del nome „Vorarlberg", n. d. t.) furono acquisite dagli Asburgo tra il 1363 ed il 1765. Campi e giardini coprono soltanto l'1 % della superfice, prati, pascoli, pascoli alpini il 45 %, caseifici a ltamente sviluppati; l'1% costituito da pascoli; il 29 % da boschi; molto industrializzata; turismo particolarmente nella stagione invernale; capitale della regione Bregenz.

Burgenland
Burgenland
Burgenland
Burgenland

3965 km²; lt. Zählung 1981 269.771 Einwohner.
4,7 % der Fläche, 3,6 % der Einwohner, 2,4 % der Bruttowertschöpfung Österreichs; jüngstes Bundesland, 1921 aus deutschsprachigen Randgebieten Ungarns hervorgegangen; ursprünglicher Name „Vierburgenland" nach den Grenzkomitaten Preßburg, Wieselburg, Ödenburg und Eisenburg; Äcker, (Wein-)Gärten rd. 45 %, größter Anteil Österreichs; Wiesen und Weiden nur 10 % (keine Almen); Wald 28 %; starke Ab-, Aus- und Pendelwanderung: in den USA ca. 180.000 aus dem Burgenland Gebürtige oder Stammende; wenig Bergbau und Elektrizitätswirtschaft; Fremdenverkehr; Landeshauptstadt Eisenstadt.

Oberösterreich
Upper Austria
Haute-Autriche
Alta Austria

11.980 km²; lt. Zählung 1981 1,269.540 Einwohner.
14,3 % der Fläche, 16,8 % der Einwohner, 16,3 % der Bruttowertschöpfung Österreichs; Land „ob der Enns", aus Traungau entstanden, der 1254 von der Steiermark abgetrennt wurde; 1279 um Teile des Mühlviertels erweitert; von Anfang an zur habsburgischen Großmacht gehörig; um 1450 endgültig von Niederösterreich getrennt; das Innviertel ging erst 1779 an Österreich; Oberöstereich liegt großteils außerhalb der Alpen, Äcker und Gärten daher 26 %; Wiesen, Weiden und etwas alpines Grünland rd. 25 %; Wald 36 %; ausgeglichene Wirtschaft: Bergbau, Braunkohle, Erdöl und Salz; Donau-und Grenzkraftwerke; 4 Großbetriebe; Fremdenverkehr vor allem im Salzkammergut; Landeshauptstadt Linz.

Kärnten
Carinthia
Carinthie
Carinzia

9533 km²; lt. Zählung 1981 536.179 Einwohner.
11,4 % der Fläche, 7,1 % der Einwohner, 6,1 % der Bruttowertschöpfung Österreichs; Becken- und Durchgangsland an der Drau, von Hochgebirge umschlossen, gute geographische Einheit, wurde 1335 Habsburger-Besitz; nach 1918 Abtretung des Kanaltales an Italien, des Mießtales und der Gemeinde Seeland an Jugoslawien, Südostkärnten 1920 durch Volksabstimmung mit 59 % bei Österreich; Zweisprachigkeit (Deutsch und Slowenisch oder Windisch); Acker- und Gartenland 9 %; Wiesen, Weiden und alpines Grünland 29 %, daher Viehzucht vorherrschend; Wald 47 %; Elektro-, Metall- und chemische Industrie; Fremdenverkehr; Landeshauptstadt Klagenfurt.

*3,965 km^2; population 269,771 (census 1981).
4.7 % of the area, 3.6 % of the population, 2.4 % of the Gross National Product of Austria; youngest Federal Province, formed in 1921 from the German-speaking frontier areas of Hungary; original name "Vierburgenland" (four-castles land) after the boundary communities Pressburg, Wieselburg, Ödenburg and Eisenburg; arable land and gardens (vinyards) ca. 45 %, largest share of Austrian area; meadow and pasture only 10 % (no Alpine pasture); 28 % wooded; heavy migration, emigration and commuter traffic: ca. 180,000 Burgenland-born or of Burgenland stock live in the USA; little mining and electricity; tourism; Provincial capital Eisenstadt.*

*11,980 km^2; population 1,269,540 (census 1981).
14.3 % of the area, 16.8 % of the population, 16.3 % of the Gross National Product of Austria; Province "on the Enns" originated in Traungau, which was separated from Styria in 1254; 1279 extended through parts of the Mühlviertel (Mühl District); from its beginnings part of the Hapsburg possessions; finally separated from Lower Austria about 1450; however, the Innviertel (Inn District) only came to Austria in 1779; Upper Austria has only a small Alpine area, arable land and gardens thus 26 %; meadow, pasture and some Alpine grassland ca. 25 %; 36 % wooded; balanced economy: lignite, oil and salt mining; Danube and Enns power stations; 4 major concerns tourism especially in the Salzkammergut; Provincial capital Linz.*

*9,533 km^2; population 536,179 (census 1981).
11.4 % of the area, 7.1 % of the population, 6.1 % of the Gross National Product of Austria; basin and transit land on the Drau closed in by high mountains forming a geographical entity, owned by the Hapsburgs since 1335. After 1918 Kanal Valley ceded to Italy, Miess Valley and Seeland to Yugoslavia, South-Eastern Carinthia remained Austrian through 59 % in 1920 referendum; bilingual (German and Slovenian or Windisch); arable land and gardens 9 %; meadow, pasture and Alpine grassland 29 %, thus livestock breeding predominates; 47 % wooded; electro, metal and chemical industry; tourism; Provincial capital Klagenfurt.*

3965 km^2; 269.771 habitants selon le recensement de 1981.
4,7 % de la superficie, 3,6 % de la population, 2,4 % de la valeur ajoutée de l'Autriche; la plus jeune des provinces autrichiennes; le Burgenland est formé de territoires marginales de langue allemande; nom original »Vierburgenland« (pays des 4 châteaux) d'après les comitats frontaliers Presbourg, Wieselburg, Sopron et Eisenburg; terres cultivables, horticulture, vignobles, près de 45 %, la plus grande zone agricole de l'Autriche; près et pâturages 10 % seulement (pas d'herbages alpins); forêts 28 %; forte migration et émigration, grande proportion de navetteurs: près de 180.000 personnes originaires ou nées au Burgenland vivent aux Etats-Unis; peu d'exploitation de mines et d'électricité; tourisme; capitale: Eisenstadt.

11.980 km^2; 1,269.540 habitants selon le recensement de 1981.
14,3 % de la superficie, 16,8 % de la population, 16,8 % de la valeur ajoutée brute de l'Autriche; le pays »en amont de l'Enns«, issu du district de Traun, fut enlevé à la Styrie en 1254, puis agrandi d'une partie du Mühlviertel en 1279; ce territoire appartint dès le début à la Maison de Habsbourg; définitivement séparé de la Basse-Autriche en 1450; la vallée de l'Inn ne fut attribuée à l'Autriche qu'en 1779; située en grande partie en dehors des Alpes, les terres cultivables et horticoles couvrent 26 %, les près, pâturages et alpages environ 25 %; forêts 36 %, économie équilibrée: mine, lignite, pétrole et sel; centrales sur le Danube et l'Enns; 4 grandes industries; tourisme, surtout dans le Salzkammergut; capitale: Linz.

9533 km^2; 536.179 habitants selon le recensement de 1981.
11,4 % de la superficie, 7,1 % de la population, 6,1 % de la valeur ajoutée brute de l'Autriche; Etat alpin transitaire formant une unité géographique, la vallée de la Drau s'ouvre cependant sur le bassin de Klagenfurt. Entra en possession des Habsbourg en 1335. Après 1918, la vallée du canal, la vallée de la Miess et la commune Seeland furent attribuées respectivement à l'Italie et à la Yougoslavie; à la suite d'un plebiscite remporté par 59 % des voix, le sud-est de la Carinthie revint à l'Autriche en 1920. Deux langues y sont parlées: l'allemand et le slovène ou Windisch; terres cu ltiva bles et horticoles 9 %; près, pâturages et alpages 29 %, d'où important élevage; 47 % de forêts; industrie électrique, métallurgique et chimique; tourisme; capitale: Klagenfurt.

*3965 km^2; secondo il censimento del 1981 269.771 abitanti.
Il 4,7 % della superfice dell'Austria, il 3,6 % degli abitanti, il 2,4 % della prestazione economica lorda; la regione più giovane, formata nel 1921 con territori marginali dell'Ungheria di lingua tedesca; nome originario „Vierburgenland" secondo le contee al confine Pressburg, Wieselburg, Ödenburg, Eisenburg; campi e giardini (vigneti) per il 45 %, la percentuale maggiore dell'Austria; prati e pascoli soltanto per il 10 % (nessun pascolo alpino); boschi per il 28 %; molta emigrazione e pendolari: negli USA vivono circa 180.000 persone nate o originarie di qui; poche miniere e industria elettrica; turismo; capitale della regione Eisenstadt.*

*11.980 km^2; secondo il censimento del 1981 1.269.540 abitanti.
Il 14,3 % della superfice dell'Austria, il 16,8 % degli abitanti, il 16,3 % della prestazione economica lorda; regione sull'Enns, nata dalla Traungau che nel 1254 fu separate dalla Stiria; nel 1279 vennero annesse parti del Mühlviertel; faceva parte fin dall'inizio della Casa Asburgica; nel 1450 fu separata definitivamente dalla Bassa Austria; appena nel 1779 l'Innviertel passò all'Austria; l'Alta Austria possiede soltanto una piccola superfice di Alpi, campi e giardini costituiscono il 26 %; prati, pascoli e qualche pascolo alpino per il 25 %, boschi per il 36 %; economia equilibrata: miniere: lignite, petrolio e sale; centrali elettriche sul Danubio; 4 grandi impianti; turismo soprattutto nella regione del Salzkammergut; capitale della regione Linz.*

*9533 km^2; secondo il censimento del 1981 536.179 abitanti.
L'11,4 % della superfice dell'Austria, il 7,1 % degli abitanti dell'Austria, il 6,1 % della prestazione economica lorda dell'Austria; regione di bacini e di passaggio sul fiume Drau, chiusa tra alte montagne, un'unità geografica, nel 1335 passò agli Asburgo. Dopo il 1918 la Carnia passò all'Italia, la valle del Miess e il comune di Seeland alla Jugoslavia, la Carinzia del sud e dell'est rimasero dopo il 1920 in seguito ad un referendum (59 % dei voti) all'Austria; bilinguismo (tedesco e sloveno o vendo); campi e giardini per il 9 %; prati, pascoli e pascoli alpini per il 29 %, per tal motivo soprattutto allevamento di bovini; boschi per il 47 %; industria elettrica, metallurgica e chimica; turismo; capitale della regione Klagenfurt.*

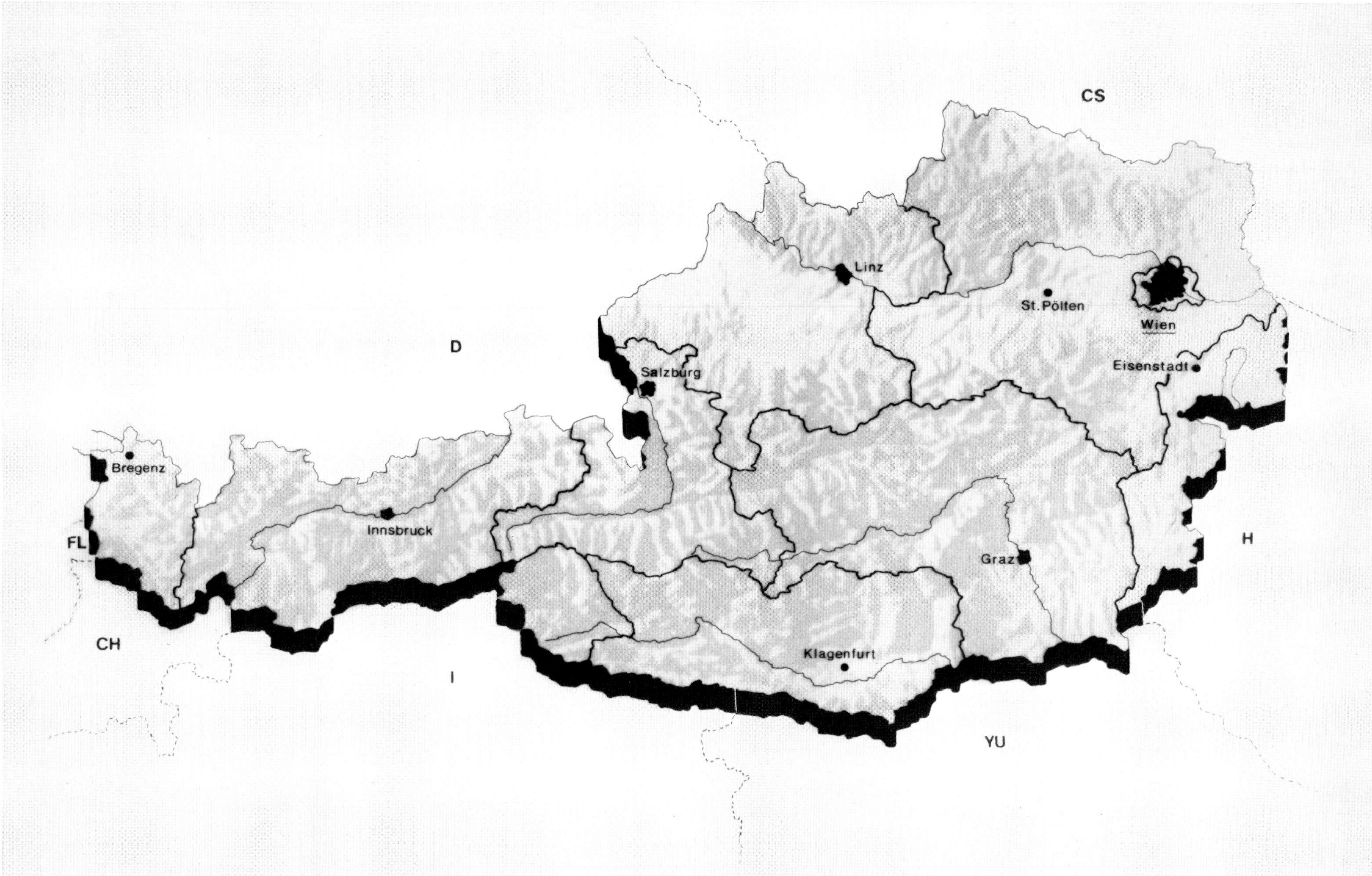
CS
Linz
St. Pölten
Wien
D
Salzburg
Eisenstadt
Bregenz
FL
Innsbruck
H
Graz
CH
Klagenfurt
I
YU

Vorwort

Foreword

Préface

Introduzione

Alles Theater
Saison in Österreich

Angefangen hat alles mit einer Abneigung. Ich habe Österreich nicht leiden können.
Da waren, vor Jahren, Tagesausflüge vom Land ins Land, übrigens eine typische Form der touristischen Annäherung an dieses Land. Parkplatzkämpfe bei den barocken Sehenswürdigkeiten, dann ein fremdgesteuertes Laufpensum und das geradezu obszöne Ineinander von Überfüllung und Intimität. Die Bilderbuchkulisse mit massenhaft Statisterie davor. Das Postkartenpensum: Steirische Einmachsuppe, Tiroler Gröstl, Salzburger Nockerln und Wiener Melange im Kaiserkeller. Schließlich eine Gänsehaut im zugigen Hin und Her.
Nein, ich habe dieses Österreich nicht leiden können.
Bis ich es, später, ganz unverhofft, in einem langen heißen Sommer, Festspielsommer, auf Sommerfrische, auf einmal verstanden habe – verblüfft fast und ein bißchen betreten, weil die Erklärung ja doch so einfach ist.
Ganz Österreich ist eine Bühne.
Und alle, die herkommen, sind Darsteller, ob sie das nun gewußt haben oder nicht. Ändern können sie jedenfalls nichts daran, und jede Gegenwehr wäre Unsinn. Nur Ignoranten stellen sich auf eine Bühne und beschweren sich dann darüber, daß um sie herum alles Theater ist. Alles, aber auch alles, was hier vorgeht, ist eine mehr oder weniger gelungene Inszenierung. Auch die Wirklichkeit wird täglich neu veranstaltet. Es kann gar nicht anders sein. Wir Österreicher verharren dabei am Rande der Szene, wie der Chor in der antiken Tragödie, um ab und zu in Wehklagen auszubrechen. Aber: „Glücklich ist, wer vergißt“, singen Alfred und Rosalinde in der „Fledermaus“. Unserer heimlichen Bundeshymne oder jedenfalls dem National-Kunstwerk. So sind wir also: Erstens wird Mozart gespielt, zweitens Strauß, drittens „das große

All the world's a stage
The Austrian Season

It all began with an aversion: I couldn't stand Austria. Years ago there were trips from the country to the country, incidentally a typical form of touristic approach to this country. Battles for parking space near the Baroque sights, then a stint of running about at the behest of a stranger and the absolutely obscene conflation of overcrowding and intimacy. The picture-book sets with masses of extras in front of them. The statutory number of postcards: Styrian "Einmach" soup, Tirolese "Gröstl" as main dish, Salzburg "Nockerln" as dessert and "Wiener Melange" coffee in the Kaiserkeller. Finally, goose pimples in the rapid hither and thithering. No, I just couldn't stand Austria. That is, until later and quite unexpectedly one long, hot summer, a Festival summer, during a summer holiday, all at once I understood – almost bewildered and rather humbled because the explanation is so simple after all.
All Austria is a stage.
And all those who come here are actors, whether they know it or not. At any rate, they cannot alter it and any attempt at opposition would be pointless. Only the ignorant get up on stage and then complain that everything around them is only play-acting. Everything, absolutely everything that happens here is a more or less successful theatre production. Even reality is staged afresh every day. It could not be otherwise. We Austrians hover at the edge of the stage like the Chorus in an ancient tragedy, ready to break out in lamenting now and then. However, "happy he who can forget", as Alfred and Rosalinde sing in "Die Fledermaus", our secret national anthem, or at least the national work of art. We are like that: first, Mozart is performed, then Strauss, and thirdly "the Great European World Theatre". Are we really like that? According to an old joke, the Austrians as born into the Vienna Boys' Choir, grow up to be Lipizzan horses in the Spanish Riding School and die as "Hofräte" (an

Tout est théâtre
Saison en Autriche

Tout a commencé par une aversion. Je n'aimais pas l'Autriche. Ce furent, voilà des années, des excursions d'un jour menant de l'Etat au pays, d'ailleurs une forme typique de l'approche touristique à ce pays. La lutte pour un parking autour des curiosités baroques, suivie d'un exercice de course dicté par une tierce personne et la combinaison quasi impudente de profusion et d'intimité. Une mise en scène décorative avec un grand nombre de figurants. La corvée des cartes postales: Einmachsuppe styrienne (Soupe à la farine), Gröstl tyrolien (Pommes sautées), Salzburger Nockerln (Omelette soufflée) et Wiener Melange (Café crème) au Kaiserkeller. Pour finir, la chair de poule dans un aller et retour au courant d'air.

Non, je n'ai pas aimé cette Autriche.

Un jour pourtant, bien plus tard, au cours d'un long été chaud, un été fait de festivals, en villégiature, je l'ai comprise, tout à fait par hasard, surpris, voire même un peu confus, parce que l'explication en est si simple.

Toute l'Autriche est une scène.

Et tout ceux qui y viennent sont des acteurs, qu'ils le savent ou non. D'ailleurs, ils ne peuvent rien y changer, et toute défense serait vaine. Seuls les ignorants viennent sur scène, et se plaignent ensuite que tout est théâtre autour d'eux. Tout, vraiment tout ce qui se passe ici est une mise en scène plus ou moins réussie. Même la réalité est montée à nouveau tous les jours. Il ne peut en être autrement. Nous, Autrichiens, nous restons au bord de la scène, à l'image du chœur de la tragédie grecque, pour nous répandre, de temps à autre, en lamentations. Mais »heureux est celui qui oubli« chantent Alfred et Rosalinde dans la »Chauve-Souris«, notre hymne national secret ou, tout au moins, notre chef-d'œuvre national. Nous sommes ainsi: Mozart vient en premier, Strauss en second, »le grand théâtre mondial européen« en troisième. Sommes-nous ainsi?

Tutto è teatro
La stagione in Austria

Tutto cominciò con un rifiuto. Non sopportavo l'Austria. Ricordo le escursioni in giornata, anni fa, da regione a regione, tra l'altro una forma tipica di approccio turistico a questo paese. Lotte per il parcheggio nei pressi delle bellezze barocche, poi un percorso predeterminato e quella mescolanza quasi oscena di affollamento e intimità. Lo sfondo da cartolina con un ammassamento di comparse in primo piano. E ancora un programma come preannunciato sugli opuscoli: minestrone tipico stiriano, „Gröstl" del Tirolo (una pietanza tipica del Tirolo con patate, cipolle e carne, n. d. t.), gnocchetti di Salisburgo e „Melange" viennese (un cappuccino chiaro, n. d. t.) nella cantina imperiale. E in questo via vai infine veniva la pelle d'oca. No, quest'Austria io non la sopportavo proprio.

Finché un giorno, qualche anno dopo, durante una lunga e calda estate, un'estate „da festival", mi trovavo in vacanza, finalmente compresi – un po' sbalordita e anche imbarazzata, perché la spiegazione in fondo è molto semplice.

L'Austria è un palcoscenico.

E tutti coloro che ci vengono ne sono gli attori, che lo sappiano o meno. E nessuno può cambiarci qualcosa, ogni forma di difesa sarebbe vana. Soltanto degli ignoranti salirebbero su di un palcoscenico per lamentarsi poi del fatto che tutto ciò che li circonda è solamente una recita. Tutto, ma proprio tutto ciò che accade qui non è altro che una messa in scena più o meno riuscita. Anche la realtà viene pianificata di giorno in giorno. E non potrebbe essere diversamente. E noi austriaci rimaniamo al limite della scena, come il coro nelle tragedie antiche, per scoppiare in lamenti di tanto in tanto. Ma „E' felice colui che dimentica" cantano Alfred e Rosalinde nell'operetta „Fledermaus" (Il Pipistrello), il nostro inno segreto – o almeno il nostro „pezzo d'arte nazionale". Così siamo

europäische Welttheater". Sind wir so? Einem alten Witz folgend, kommen die Österreicher als Sängerknaben auf die Welt, werden dann Lipizzaner und sterben als Hofräte. Es war einmal, es war sehr schön, und es hat uns sehr gefreut. Mit Verlaub, wir sehen uns ein bißchen anders, denn in Wirklichkeit sind auch zu unseren besten Zeiten nicht alle Österreicher Hofräte geworden.

Die Lebensbedingungen, der Charakter und das Wesen eines Landes erwachsen aus spezifischen geographischen, historischen, kulturellen, politischen und wirtschaftlichen Bedingungen. So liegen auch die Ursprünge der österreichischen Identität tief verwurzelt in der rund tausendjährigen Geschichte jenes durch Eroberung, Heirats- und Vertragspolitik sowie Erbteilung zusammengewachsenen Länderkonglomerats, in jenem vielfach als Reaktion auf die Bedrohung von außen erst zu einer Einheit zusammengewachsenen Staatsgebiet, dessen Kern die heutige Republik Österreich darstellt. Erst seine Geschichte bestimmt das Spezifische seiner Existenz und macht Österreich zu dem, was es ist. Ohne seine Vergangenheit, ohne die tiefe Einsicht in die Züge seines Charakters und in die Konfiguration seines Wesens bliebe die Gegenwart stumm. Für faktisch jeden Staat spielt die eigene Geschichte für das Selbstverständnis, die nationale Identität, aber auch für seine Politik und die Herkunft seiner Probleme eine zentrale Rolle. Der österreichische Raum lag seit je in einem Schnittpunkt der Kulturen. Hier begegneten und vermischten sich Illyrer und Kelten, abendländisches Reich und Byzanz, die Reitervölker der östlichen Steppe und die Barbaren des europäischen Nordens wie Westens, einheimische Beharrung und fremdländische Beweglichkeit. Erst aus dem „Zusammenprall der Kulturen" (Karl Popper) erwächst auf diese Weise eine Identitätsstiftung.

Spuren menschlicher Zivilisation lassen sich in diesem Gebiet bis auf etwa 180.000 Jahre zurückverfolgen. Die reichen urgeschichtlichen Funde, nicht zuletzt aus der Hallstatt-Periode, zeigen, daß dieser Raum seit ältester Zeit besiedelt war: Zunächst von den Illyrern und darauf –

old senior civil service title). It was like that once, it was very nice and it pleased us very much. Forgive me, but we see ourselves rather differently, since even in the best times not all Austrians could become a Hofrat.

The conditions of life, character and nature of a country grow out of the specific geographic, historical, cultural, political and economic circumstances. Thus the origins of the Austrian identity are rooted deep in the roughly one thousand years of the history of that conglomeration of countries that grew up through conquest, a policy of marriage and contracts and inheritance, that state that only grew together into a unity to a great extent as a reaction to the threat from outside and whose core is represented by the present Republic of Austria. Austria's history has determined her specific existence and made her what she is today. Without her past, without a deep insight into her character traits and the configuration of her essence the present remains silent. Every state's own history plays a central role for its image of itself, its national identity, but also for its politics and the origins of its problems. The Austrian area has always been from time immemorial a crossroads for different cultures. Illyrians and Celts, Western Rome and Byzantium, the horsemen of the Eastern steppes and the barbarians from the North and West, local obstinacy and foreign mobility met here and intermingled. In this way an identity grew out of the "collision of cultures" (Karl Popper).

Remnants of human civilization can be traced in this area back some 180,000 years. The rich prehistorical discoveries, not least from the Hallstatt Period, show that this area was settled in the earliest times: at first by Illyrians and then – about 400 B. C. – the Celts pushed forward into the region of the Eastern Alps. Many names of mountains and rivers still go back to Celtic-Illyrian roots. The Romanization of the Celtic-Illyrian population was completed when Noricum, Rhaetia and Pannonia had become part of the Empire under Caesar Augustus, gradually and generally without any particular resistance.

The former Rhaetia-North Italian and West-Illyrian provinces which

Selon une vieille plaisanterie, l'Autrichien naît petit-chanteur, devient Lipizzan et meurt Hofrat. Il était une fois, je suis ravie, tout le plaisir était pour moi. Ne vous en déplaise, nous nous voyons un peu différemment; en effet, les Autrichiens ne sont pas tous devenus Hofrat, même à l'apogée de notre grandeur.

Les conditions de vie, le caractère et la nature d'un pays émanent de facteurs spécifiques: géographiques, historiques, culturels, politiques et économiques. Ainsi, les origines de l'identité autrichienne sont profondément enracinées dans l'histoire millénaire de ce conglomérat de pays réunis par la conquête, la politique matrimoniale et contractuelle et par l'héritage, dans ce territoire national ne formant une unité que pour réagir à la menace extérieure, dont le noyau constitue la République d'Autriche actuelle. Seulement son histoire détermine la spécificité de son existence et fait de l'Autriche ce qu'elle est. Sans son passé, sans comprendre ses traits caractériels et sa structure naturelle, les temps présents resteraient muets. L'histoire exerce une influence considérable sur la compréhension de soi-même, sur l'identité nationale, mais aussi sur la politique et l'origine des problèmes d'un Etat quelqu'il soit. Le territoire autrichien se situe depuis toujours au point d'intersection des cultures. Ici se rencontrèrent et se mélangèrent les Illyriens et les Celtes, l'empire romain d'Occident et de Bysance, les peuplades nomades des steppes orientales et les barbares du nord et de l'ouest de l'Europe, persévérance nationale et mobilité étrangère. Seul le »choc entre les cultures« (Karl Popper) forme une identité.

Les traces d'une civilisation humaine sur ces territoires remontent à 180.000 ans. Les riches découvertes préhistoriques, ne fut-ce que celles de la période de Hallstatt, prouvent que ces régions ont été colonisées depuis fort longtemps. Tout d'abord par les Illyriens, puis les versants Sud des Alpes connurent les invasions celtes. Un grand nombre de noms de montagnes et de fleuves remontent aujourd'hui encore à des racines illyriennes et celtiques. Après le rattachement des provinces de Norique,

dunque: in primo luogo si suona Mozart, in secondo Strauss e in terzo si recita come nel „Grande Teatro Mondiale Europeo". Siamo proprio così? Secondo una vecchia barzelletta gli austriaci alla nascita sono piccoli cantori di Vienna, diventano poi Lipizzani e muoiono da „Hofrat" (titolo onorifico corrispondente pressapoco ad un consigliere aulico, n. d. t.). C'era una volta, è stato molto bello ed è stato un vero piacere. Ma, se permettete, noi ci consideriamo un pochino diversamente, perché, in realtà, anche nei nostri tempi migliori, non tutti gli austriaci sono divenuti „Hofrat".

Le condizioni di vita, il carattere e l'essenza di un paese sono la conseguenza di specifiche condizioni geografiche, storiche, culturali, politiche ed economiche. Così anche le origini dell'identità austriaca sono profondamente radicate nella storia millenaria di questo conglomerato di paesi sviluppatosi in seguito a conquiste, politica dei matrimoni e degli accordi come anche suddivisione dell'eredità, sono radicate in uno stato divenuto unità anche in quanto reazione alle minacce esterne. E il nucleo di questo stato è oggi la Repubblica Austriaca. E' la sua storia a determinare la specificità della sua esistenza e fa dell'Austria ciò che essa è ora. Senza il suo passato, senza la profonda comprensione per i diversi aspetti del suo carattere e per la strutturazione della sua essenza, il presente rimarrebbe muto. In ogni stato la storia occupa un ruolo centrale per la sua comprensione, la sua identità nazionale, ma anche per la sua politica e per l'origine dei suoi problemi. Il territorio austriaco si trova da sempre in un punto d'incontro di diverse civiltà. Qui si incontrarono e si mescolarono gli Illiri ed i Celti, l'Impero romano d'occidente e Bisanzio, i popoli a cavallo della steppa orientale ed i Barbari del nord e dell'ovest europeo, qui si mescolarono la perseveranza nostrana e la mobilità degli stranieri. Appena in seguito ad uno „scontro delle culture" (Karl Popper) può nascere un'identità. Troviamo le prime tracce di civilizzazione in questo territorio 180.000 anni addietro. I numerosi ritrovamenti che risalgono, tra l'altro, al periodo di

etwa um 400 v. Chr. – drangen die Kelten in den Ostalpenraum ein. Viele Berg- und Flußnamen gehen heute noch auf keltisch-illyrische Wurzeln zurück. Die Romanisierung der keltisch-illyrischen Bevölkerung vollzog sich nach der Eingliederung Noricums, Rätiens und Pannoniens, die unter Kaiser Augustus stattfand, schrittweise und zumeist ohne besondere Widerstände.

Die einstigen rätisch-norditalienischen und westillyrischen Provinzen, die man als Austria Romana zusammengefaßt hat, bildeten samt ihrem über Jahrhunderte umkämpften Vorfeld nördlich der Donau den Limes des Römischen Reiches. Schließlich überschritten in der Völkerwanderungszeit die Stämme aus der „Welt der Barbaren", dem „alter orbis", die Grenzen des Imperium Romanum und errichteten hier eigene Stammesherzogtümer, die, trotz wenig dauerhafter Grenzen, stets dem Einfall östlicher Reitervölker offenstehend, zum Ausgangspunkt einer neuen politisch gegliederten Region werden sollten. In diesem Raum entdeckten und entwickelten Romanen, Germanen, Slawen und Magyaren, die hier eine Symbiose mit der bodenständigen Bevölkerung eingingen, gemeinsam eine „Verschiedenheit in der Einheit", ein gemeinsames Wir-Gefühl, das aber auch die Nichtdazugehörigen miteinschloß. Die heutige Republik umfaßt bei allen Verlusten und territorialen Einbußen, aber erweitert um das ehemalige Fürsterzbistum Salzburg und das westungarische Burgenland in etwa die spätmittelalterlichen Patriae Domus Austria, die Länder des Hauses Österreich. Wenn Österreich damit wiederum auf seinen Kernbereich reduziert ist und ungefähr jenen Umfang einnimmt, den es vor dem Einsetzen der habsburgischen Großmachtpolitik gegenüber Ost- und Südosteuropa besaß, so erweist sich hier eindrucksvoll jene identitätsstiftende, in der Vielfalt begründete Kraft des Föderalismus.

Bei der Kolonisation und Besiedelung des östlichen Teils der Ostalpenländer, rund ein halbes Jahrhundert nach der Besiedelung der westlichen Gebiete durch Baiern und Alemannen, spielten die weltliche und geistliche Grundherrschaft, der Adel und die Kirche, in Gestalt der großen,

were joined together as Austria Romana formed, together with their outskirts which had been fought over for centuries, the limes of the Roman Empire. Then during the Migration of the Peoples the tribes from the "barbarian world", the "alter orbis", crossed the boundaries of the Imperium Romanum and set up their own tribal duchies here, which, despite impermanent boundaries and continual incursions by the more eastern equestrian hordes, were to become the beginnings of a new political division of the region. In this area Roman peoples, Germans, Slavs and Magyars, who formed a symbiosis with the local inhabitants, discovered together a "diversity in unity", a common feeling of identity, but one which also included those who did not belong. Despite all its losses and territorial reductions and compensated by the former Prince-Archbishopric of Salzburg and the West-Hungarian Burgenland, the present Republic covers roughly the Patriae Domus Austria, the lands of the House of Austria, of the late Middle Ages. Though Austria is thus once again reduced to her core area and has roughly the extent that she had before the Hapsburgs began their great-power policies towards East and Southeast Europe, she displays impressively that identity-giving power of federalism that is founded on diversity.

During the colonization and settlement of the eastern part of the Eastern Alpine region, roughly half a century after the western areas had been settled by the Bavarians and Alemanians, the sacred and profane feudal lords, the nobility and the Church, the latter in the form of the great feudal monasteries and foundations of the old orders (Benedictines, Cistercians, Premonstratensians and Augustine Canons) played an important role. In eastern Austria there is a preponderance of village settlements founded by the feudal lords, while individual farms and free farmers are only met with sporadically in the region. The farmhouse architecture is also different. The occasionally and even today repeatedly emphasized difference between "West" and "East" Austria is undoubtedly connected with the form of settlement and the structural differences that resulted.

Rhétie et Pannonie, sous l'empereur Auguste, la romanisation des peuples illyriens et celtiques s'est accomplie progressivement, le plus souvent sans grande résistance.
Les anciennes provinces réthiques, au nord de l'Italie, et illyriennes, à l'Ouest, réunies en Austria Romana, constituaient, ensemble avec les territoires avancés âprement disputés depuis des siècles, le limes de l'empire romain. A l'époque des Grandes Invasions, les tribus du »monde des barbares« dépassèrent le »alter obis«, les frontières de l'Imperium Romanum et y fondèrent des Etats politiques qui, malgré des frontières instables et toujours ouvertes à l'invasion des peuples de l'Est, devinrent le point de départ d'une nouvelle région politique organisée. Sur ce territoire, les sociétés romaines et barbares, Germains, Slaves et Magyars, entrant en symbiose avec la population autochtone, découvrirent et développèrent une »différence dans l'unité«, un sentiment de solidarité, qui englobait aussi les étrangers. La République actuelle, compte tenu des préjudices et pertes territoriales, mais élargie de l'ancien archevêché de Salzbourg et du Burgenland, formé d'anciens territoires de l'ouest de la Hongrie attribués à l'Autriche, comprend à peu près la Patriae Domus Austria, les pays de la Maison d'Autriche, de la fin du moyen-âge. La nouvelle réduction de l'Autriche à sa grandeur originale, à celle qu'elle avait avant le début de la politique de puissance habsbourgeoise à l'égard de l'Europe de l'Est et du Sud-Est, traduit, d'une façon impressionnante, cette force du fédéralisme se fondant sur la multitude et engendrant l'identification.
Les seigneuries laïques et spirituelles, la noblesse et l'Eglise, celle-ci par les grands couvents et monastères (bénédictins, cisterciens, prémontrés, augustins, chanoines) exerçant le droit seigneurial, jouèrent un rôle fondamental dans la colonisation des versants situés à l'Est des Alpes, qui se déroula environ un demi-siècle après celle des versants Ouest par les Bavarois et les Alamans. En Autriche, nous rencontrons surtout le village créé par la seigneurie, et beaucoup moins souvent la ferme individuelle

Hallstatt, dimostrano che tale zona era abitata già in tempi antichissimi: inizialmente troviamo gli Illiri e poi, circa 400 anni a. C., i Celti entrarono nella zona alpina orientale. Numerosi nomi di monti e fiumi hanno radici celtiche ed illiriche. La romanizzazione della popolazione celtica ed illirica avvenne in seguito all'incorporamento dei territori del Noricum, della Rezia e della Pannonia, e precisamente durante la dominazione di Augusto, si trattò di un processo graduale, avvenuto senza particolari ribellioni.
Le province dell'Italia settentrionale e della Rezia e quelle dell'Illiria occidentale, che erano denominate Austria Romana formavano insieme ai territori al nord del Danubio, da secoli luogo di battaglia, il confine dell'Impero Romano. Nel periodo della migrazione dei popoli i cosiddetti Barbari, l' „alter orbis", superarono i confini dell'Impero Romano e costituirono qui ducati che, nonostante avessero confini di breve durata, e fossero continuamente esposti agli attacchi delle popolazioni a cavallo, sarebbero diventati il punto di partenza di una regione dalla struttura politica nuova. In questo territorio romani, germani, slavi e magiari che si erano mescolati in una specie di simbiosi con le popolazioni del luogo, scoprirono e svilupparono insieme una „diversità nell'unità", un comune senso di appartenenza che includeva anche gli „stranieri". L'attuale Repubblica comprende, in seguito a tutte le perdite territoriali seppure ampliata dall'ex-arcivescovato di Salisburgo e dal Burgenland ungherese occidentale, la medievale Patriae Domus Austria e precisamente i paesi della Casa d'Austria. Se consideriamo che l'Austria è così ridotta al nucleo che essa occupava prima dell'avvento della politica asburgica delle grandi potenze, ne possiamo trarre una dimostrazione interessante della forza del federalismo, forza che nasce dalla diversità e porta alla formazione di un'identità.
La colonizzazione delle zone orientali dei paesi alpini orientali, cinquant'anni dopo la colonizzazione dei territori occidentali da parte dei Bavaresi e degli Alemanni, è caratterizzata dall'importanza dei poteri

Grundherrschaft ausübenden Klöster und Stifte der alten Orden (Benediktiner, Zisterzienser, Prämonstratenser, Augustiner-Chorherren) eine wesentliche Rolle. Es überwiegt in Österreich die von der Grundherrschaft angelegte Dorfsiedlung, während der Einzelhof und das freie Bauerntum in dieser Gegend nur sehr sporadisch zu finden sind. Unterschiede zeigen sich auch in der Architektur der Bauernhäuser. Der gelegentlich und bis zum heutigen Tag immer wieder betonte Gegensatz zwischen „West-Österreich" und „Ost-Österreich" hängt zweifellos auch mit der Besiedelung und dem darin begründeten Strukturunterschied zusammen. Stark vereinfachend kann man sagen, daß im westlichen Österreich die stärkere Tradition der Selbstverwaltung eines freien, selbstbewußten Bauerntums die geschichtliche Grundlage der modernen Demokratie bildet, während die Entwicklung im östlichen Österreich von Anbeginn im Zeichen der „Herrschaft" stand.

Seit dem frühen Mittelalter ist dieses Österreich ein Ort, an dem einander Ost und West, Nord und Süd begegnen. Der Aufstieg der Babenberger und damit Österreichs zum Herzogtum vollzieht sich inmitten des Geflechtes kaiserlicher und byzantinischer Weltpolitik; Heiratspolitik, Handel und Wandel, westlicher und östlicher Einfluß lassen schon damals Wien zu einem Zentrum west-östlicher Begegnung werden. Im 16. und 17. Jahrhundert war Österreich ständig bedroht durch die türkischen Expansionsbestrebungen. Der – wenn auch kriegerische – Kontakt mit der hochentwickelten Kultur des Orients hinterließ zweifelsohne in der österreichischen Identität seine Spuren ebenso wie der Dreißigjährige Krieg und die Auseinandersetzungen mit Frankreich, Italien und Preußen. Österreich ruht auf diese Weise nicht nur in sich selbst, in seinen „gewachsenen" Ländern, in seiner inneren Vielfalt, sondern darüber hinaus existiert die Idee eines größeren Österreichs – durch die es eingegliedert wird in die weiteren Lebensbezüge Europas. Wenn heute die Mitteleuropa-Idee als beflügelnde Vision wieder auflebt und weiterlebt, so wird auch darin eine Kontinuität im österreichischen Denken und

Heavily simplified, one can say that in western Austria the stronger tradition of self-determination in free, self-confident farmers formed the historical basis for modern democracy, while the development of eastern Austria was dominated from the start by the concept of "lordship".

Since the early Middle Ages Austria has been a place where East and West, North and South have met. The rise of the Babenbergs and Austria to a Dukedom took place in the midst of a web of imperial and byzantine world politics: a policy of astute marriages, trade and exchange, western and eastern influences made Vienna even then a centre where East and West could meet. In the 16th and 17th centuries Austria was under continual threat from the Turkish struggles for expansion. The contact, albeit bellicose, with the highly developed culture of the Orient has undoubtedly left its traces in the Austrian identity as also the Thirty-Years War and the confrontations with France, Italy and Prussia. In this way Austria is not only at peace within herself, in her "grown" provinces, in her inner variety, but in addition there is the idea of a greater Austria whereby she is included in the broader relationships of European life. The inspiring vision of a close-knit Central Europe has again been resurrected and can be seen as a continuation of Austrian thinking and desires. This is not least apparent in the oft-repeated contradiction between the narrow confines of reality as a small country and claims to being a major power, at least in the cultural domain. To count history in this sense among the preliminary conditions seduces one into "looking confidently into the past", as Karl Kraus put it, into being unable to free oneself from this larger past and into idealizing it as the "good old days" or even into losing one's grip on reality and seeing it as a dream land. Thus it is no accident that present-day Austria is actually the result of a false trade description. The Republic of Austria is not Austria, not even German Austria (as proclaimed in 1918) but, in the legendary words of the French Prime Minister Georges Clemenceau: "L'Autriche c'est ce

et le paysan libre. Les différences se montrent aussi dans l'architecture des fermes. Le contraste, parfois souligné jusqu'à nos jours, entre »l'Autriche de l'Ouest« et »l'Autriche de l'Est«, et la différence de structure qui en résulte, tient en partie à cette colonisation. On peut dire, en simplifiant très fortement, que la tradition plus forte d'un paysannat libre, autonome, conscient de sa valeur, en Autriche de l'Ouest, forme la base historique d'une démocratie moderne, alors que l'évolution en Autriche de l'Est était d'emblée placée sous le signe »seigneurial«.
Depuis le debut du moyen-âge, cette Autriche représentait un lieu de rencontre entre l'Est et l'Ouest, entre le Nord et le Sud. L'ascension de la Maison de Babenberg et la transformation de l'Autriche en duché héréditaire s'accomplirent pendant les luttes politiques impériales et byzantines. La politique matrimoniale, le commerce et les changements, l'influence occidentale et orientale firent de l'Autriche un centre de rencontre ouest-est. Au 16e et au 17e siècle, l'Autriche était en permanence menacée par les visées expansionnistes des Turcs. Ce contact, bien que de nature belliqueuse, avec une culture très évoluée de l'Orient, a sans aucun doute marqué l'identité autrichienne, de même d'ailleurs que la guerre de Trente Ans et les conflits avec la France, l'Italie et la Prusse. L'Autriche ne s'appuie pas seulement sur elle-même, sur ses territoires héréditaires, sur sa multitude intrinsèque, mais nous trouvons aussi, audelà, l'idée d'une Autriche plus grande s'incorporant dans le système d'équilibre plus grand de l'Europe. Si l'idée de l'Europe centrale connait de nos jours un certain renouveau et reprend vie sous forme d'un rêve ailé, on peut même y reconnaître une certaine continuité dans la pensée et le vouloir de l'Autriche. Cela s'exprime aussi dans le contraste souvent aritculé entre les conditions étroites, réelles, d'un petit Etat et sa revendication d'être une grande puissance, tout au moins sur le plan culturel. Dans ce sens, classer l'histoire parmi les conditions initiales, amène évidemment, comme le dit Karl Kraus, »à se tourner, plein de confiance, vers le passé«, à ne plus pouvoir se détacher de ce passé plus glorieux et

temporale e spirituale, dell'aristocrazia e della chiesa, quest'ultima impersonata dai potenti conventi e monasteri degli antichi ordini (Benedettini, Cistercensi, Premonstratensi, Canonici Agostiniani). In Austria prevale l'insediamento a paesini voluto dai reggenti, mentre i poderi autonomi ed i contadini liberi risultano piuttosto rari in questa zona. Troviamo differenze anche nell'architettura delle fattorie. La contrapposizione di cui si parla ancor oggi tra l'Austria orientale ed occidentale dipende certamente anche dall'insediamento e dalla conseguente diversità della struttura. Semplificando di molto si potrebbe affermare che nell'Austria occidentale la marcata tradizione di un'amministrazione autonoma da parte di contadini liberi e sicuri di sé costituisce il fondamento storico della democrazia moderna, mentre lo sviluppo dell'Austria orientale era caratterizzato fin dal principio dalla „dominazione".

Fin dall'inizio del Medioevo l'Austria è un territorio in cui si incontrano est ed ovest, nord e sud. L'ascesa dei Babenberger e la costituzione dell'Austria in ducato avviene sullo sfondo di un intreccio politico imperiale e bizantino; la politica dei matrimoni, il commercio, i cambiamenti, l'influenza occidentale e orientale fanno di Vienna già a quei tempi un luogo d'incontro tra l'occidente e l'oriente. Nel 16° e nel 17° secolo era minacciata in continuazione dalla politica di espansione turca. Il contatto con la cultura orientale, che era estremamente sviluppata, lasciò senza dubbi le sue tracce nell'identità austriaca – anche trattandosi di contatti bellici –, lo stesso vale per la guerra dei trent'anni e per le guerre contro la Francia, l'Italia e la Prussia. Grazie a ciò l'Austria non è soltanto chiusa in sé stessa, nei suoi diversi paesi, nella sua molteplicità, essa consiste anche all'interno di un quadro più vasto, basato sull'idea di un'Austria più grande che si può dunque anche inserire nelle caratteristiche europee. Se pensiamo che oggi l'idea mitteleuropea rivive e continua a vivere come una visione incoraggiante,

Wollen erkennbar. Dies manifestiert sich nicht zuletzt in dem oft artikulierten Widerspruch zwischen den beengten Verhältnissen der kleinstaatlichen Realität und dem Anspruch, eine – zumindest kulturelle – Großmacht zu sein. Historie in diesem Sinne zu seinen Ausgangsbedingungen zu zählen, verführt natürlich in besonderer Weise dazu, wie Karl Kraus sagt, „vertrauensvoll in die Vergangenheit zu blicken", von dieser größeren Vergangenheit nicht mehr loszukommen und sie als „gute alte Zeit" zu idealisieren oder gar, die Realität zurücklassend, sie als Traumreich zu deuten. So kommt es eben auch nicht von ungefähr, daß das Österreich von heute eigentlich das Ergebnis eines Etikettenschwindels ist: Denn die Republik Österreich ist nicht Österreich, ja nicht einmal Deutsch-Österreich (so proklamiert 1918), sondern „L'Autriche c'est ce qui reste" – „Der Rest ist Österreich" – in den legendären Worten des französischen Ministerpräsidenten Georges Clemenceau. Und doch dem Anschein nach der Alleinerbe des alten, des eigentlichen Österreichs.

Hand in Hand geht die Abneigung des altösterreichischen Erbes, kaum vorstellbar zwar, ließen sich doch sogar in den letzten Jahren sozialistische Bundeskanzler in Wahlkampfzeiten unter dem Porträt des Kaisers Franz Joseph konterfeien. Doch Kontraste gehören hier zum Programm, und solche Unvereinbarkeit der Seelen hat hier Tradition. Österreich war fortan kein Bollwerk mehr, sondern eine Brücke zwischen Ost und West, in der Mitte Europas, Schnittpunkt der Kraftlinien von Nord und Süd beziehungsweise West und Ost, der dem Land eine geopolitische Position und Bedeutung verlieh, die weit über die Möglichkeiten eines Kleinstaates hinausreichen. Nicht mehr der erste deutsche Staat, sondern gar kein deutscher Staat mehr. Die daraus resultierende Erkenntnis ist zwar nicht neu, aber sie hat auch nichts an Frische eingebüßt: Wir Österreicher mögen nämlich mit den Deutschen vielleicht eine Menge Erfahrungen aus der Geschichte gemeinsam haben, nur eines haben wir sicher nicht gemeinsam, die Sprache. Der Österreicher hatte und hat eben

qui reste" – Austria is what is left over – and yet it would appear to be the sole heir of the old, actual Austria.

Nevertheless, a dislike of the old-Austrian heritage goes hand in hand with this – it is hardly conceivable and yet in recent years even Socialist Federal Chancellors have had their pictures taken under the portrait of Emperor Francis Joseph during election campains. Here the contrast is part of the programme and finding such incompatibilities together in one soul has long been a local tradition. From that point on Austria ceased to be a bulwark but rather a bridge between East and West, in the centre of Europe, the intersection between lines of force from North and South, East and West, which has given the country a geopolitical situation and importance that go way beyond that normally accruing to a small state. No longer the first German state but not even a German state at all. The resultant knowledge is not new but it has not lost its freshness: we Austrians may share much historical experience with the Germans but one thing we do not have in common is our language. The Austrian has always had a special relationship with his language. It is a language that even today is capable of many subtle nuances, a multitude of overtones, it has a somewhat floating, if you like, musical character and at the same time possesses a masterly disregard, even scorn for German grammar. This game of tag between the subject and predicate in Austrian sentences – will they catch each other, or even meet at all? Usually they fail to do so – is something totally characteristic for our daily speech. After all, most things can be said equally well in half sentences rather than in complete ones, so why bother? Everything in Austria is just that little bit different. The Hapsburgs did not gain their empire by conquest but through marriages: "Alii bella gerant, tu, felix Austria, nube" (others wage war, you, happy Austria, marry). The effect of this historical soft filter is nowhere so surprising as when describing the role of Austria as a great power, as indeed she was for over two hundred and fifty years. This shows a convincing combination of the arrogant stance of the great

à l'idéaliser »sous forme de bon vieux temps«, voire même, en perdant le sens des réalités, de le considérer comme un empire chimérique. L'Autriche de nos jours est donc au fond le résultat d'un faux étiquetage: En effet, la République d'Autriche n'est pas l'Autriche, voire même pas le Deutsch-Österreich (proclamé en 1918) mais, selon le mot légendaire de Georges Clemenceau, premier ministre de la France, »l'Autriche c'est ce qui reste«. Elle est, néanmoins, en apparence, l'héritière unique de la vieille Autriche proprement dite.
Parallèlement, nous trouvons cette aversion, à peine imaginable, qu'inspire le vieux patrimoine autrichien, à peine imaginable parce que des chanceliers fédéraux socialistes se sont laissés représenter pendant les dernières campagnes électorales sous le portrait de François-Joseph Ier. Mais les contrastes font partie du programme, et cette incompatibilité des âmes possède ici une certaine tradition.
Dès lors l'Autriche n'était plus un bastion mais, au milieu de l'Europe, un pont jeté entre l'Est et l'Ouest, un point de section des lignes de force respectivement du Nord et du Sud, de l'Ouest et l'Est, conférant au pays une position géopolitique et une importance qui dépassait de loin les possibilités d'un petit Etat qui n'était plus le premier Etat allemand, qui n'était même plus du tout un Etat allemand. La notion qui en résulte n'est pas nouvelle, mais elle n'a rien perdu de sa fraîcheur: Nous autres Autrichiens, nous avons peut-être une grande expérience historique commune avec les Allemands, mais nous n'avons surtout pas une langue commune. Entre l'Autrichien et sa langue existait, et existe toujours, une liaison particulière. C'est une langue qui se caractérise aujourd'hui encore par sa richesse en nuances, qui possède un grand nombre de tons intermédiaires, variables, voire musicaux, si vous voulez, mais qui ignore souverainement, méprise même, la grammaire allemande. Ce jeu de poursuite entre le sujet et le verbe dans les structures de phrases autrichiennes – se trouveront-ils, vont-ils jamais se rencontrer? – Généralement, ils ne le font pas, voilà quelque chose qui caractérise notre langage

possiamo riconoscere in questa tendenza anche la continuità del pensiero e della volontà austriaci. Ciò si manifesta anche nella contraddizione tra le possibilità ristrette della realtà di un piccolo stato e l'esigenza – almeno a livello culturale – di essere una grande potenza. Considerare in tale senso la storia come condizione di partenza ci porta facilmente, come dice Karl Kraus, a „guardare fiduciosi al passato", a non liberarci più di questo grande passato e ad idealizzarlo – i bei vecchi tempi – e, dimenticando la realtà, a vederlo come un regno dei sogni. Ed è anche vero che l'Austria attuale è il risultato di uno „scambio di etichette": Poiché la Repubblica Austriaca non è l'Austria, non è neppure l'Austria Tedesca (così fu proclamata nel 1918), ma piuttosto „L'Austria c'est ce qui reste", l'Austria è ciò che resta, come disse il presidente del consiglio francese, George Clemenceau. E ciò nonostante essa è l'unica erede della vecchia, della vera Austria.
E, parallelamente al rifiuto per l'eredità della vecchia Austria, vediamo come anche negli ultimi anni cancellieri federali austriaci si fecero ritrarre nel periodo elettorale sotto l'effige dell'Imperatore Francesco Giuseppe. Ma i contrasti qui fanno parte del programma ed una tale incompatibilità degli animi ha qui la sua tradizione. L'Austria dunque non era più un bastione ma un ponte tra l'occidente e l'oriente, nel mezzo dell'Europa, punto d'incrocio tra nord e sud, ovest ed est e ciò diede al paese un'importanza geografica e politica che va molto al di là delle possibilità di un piccolo stato. Non più il primo stato tedesco, nessuno stato tedesco più. Ciò che ne consegue non rappresenta nulla di nuovo, ma vale ancora: Può darsi che numerose esperienze storiche ci accomunino ai tedeschi, ma c'è qualcosa che non abbiamo certamente in comune, la lingua. Si tratta di una lingua che ancor oggi può essere molto sfumata, che ha molte diverse tonalità, che può avere qualcosa di leggero, forse anche musicale, e tutto ciò con gran disdegno, addirittura disprezzo della grammatica tedesca. Pensiamo al gioco tra soggetto e predicato nella proposizione austriaca – essi si troveranno infine? Ma si

eine besondere Beziehung zu seiner Sprache. Es ist dies eine Sprache, die auch heute noch hochnuanciert sein kann, viele Zwischentöne besitzt, etwas Schwebendes, meinetwegen auch Musikalisches haben kann, bei gleichzeitiger souveräner Miß-, ja sogar Verachtung der deutschen Grammatik. Dieses Fangenspielen von Subjekt und Prädikat in österreichischen Satzgebilden – Finden sie einander, werden sie einander überhaupt je begegnen? Meistens tun sie es nicht –, das ist etwas absolut Charakteristisches für unsere Umgangssprache. Denn das allermeiste läßt sich in Halbsätzen genauso gut sagen wie in ganzen. Wozu also?

Auch die Habsburger hatten nun ihr Imperium nicht erobert, sondern erheiratet: „Alii bella gerant, tu, felix Austria, nube." Die Wirkung dieses geschichtlichen Weichfilters ist nirgendwo so verblüffend wie bei der Zeichnung der Rolle Österreichs als Großmacht, die es für über zweihundertfünfzig Jahre gewesen ist. Hier weiß man in überzeugender Weise die Arroganz des Großmachtstandpunktes mit der Wehleidigkeit der Kleinstaatsperspektive zu verbinden. Die habsburgische Großmacht war ein deutscher, ein europäischer Sonderfall, ohne Zweifel; aber eine Großmacht nichtsdestoweniger, mit all den Mechanismen einer solchen, mit allen Licht- und Schattenseiten eines Imperiums.

Die Ergebnisse der habsburgischen Heiratspolitik waren allerdings wahrhaft spektakulär. Ein französischer Historiker hat sie einmal sehr respektlos, aber äußerst zutreffend auf die Formel gebracht: Karl V. habe im europäischen Konzern eine Aktienmehrheit errungen, sie jedoch dann an der Börse der Renaissancepolitik auch wieder kläglich verspielt. Was seinen Nachfahren an der Schwelle des Barock blieb, waren keine Effekten mehr, sondern bloß noch Optionen: Die spanischen Vettern waren einem Take-over-bid nach dem anderen ausgesetzt; die Erbschaft im Osten lag unter osmanischer Sequestration; und das Reich in der Mitte, das Heilige Römische, warf nach dem Westfälischen Frieden keine Zinsen mehr ab. Um diese Titel einzulösen, um sie in Land sprich Territorien zu verwandeln, brauchten die Habsburger Geld, Geld und

power and the whingeing perspective of the small state. Without any doubt the Hapsburg great power was a German, a European special case, but nonetheless a great power with all the mechanisms of such and all the lighter and darker sides of an empire. The results of the Hapsburg policy of marriage were at any rate truly spectacular. A French historian once formulated this disrespectfully but most pertinently: Charles V won the majority of shares in the European firm but threw them away again playing the stock exchange of Renaissance politics. His successors on the threshold of the Baroque era were left without any shares, merely options: the Spanish cousins were exposed to one takeover bid after another; the Eastern inheritance had been sequestered by the Ottoman Empire; and the Central Empire, the Holy Roman one, produced no dividends after the Peace of Westphalia. To redeem the title, to turn it into land, i. e. territory, the Hapsburgs needed money, money and more money so that they could wage war. The saying: "What you have inherited from your fathers must be earned again before you can take possession" took on a real meaning for them. To begin with, Austria demonstrated how to rise from the estate of the Empire – even if the most noble one – to a European great power. The spheres of war of this Austrian "heroic age" were widely dispersed campains. Badly paid armies of disparate elements, barely kept from deserting by Spanish gold or Papal subsidies, fought on several fronts at once. The unbelievable main figures in these astonishing lightening campains, continually threatened with collapse, were two would-be priests, both hindered in their calling by adverse circumstances: Emperor Leopold I, who succeeded to the throne through the death of his brother and no mean opera composer, and Prince Eugène of Savoy, a distant Italian cousin and runaway French courtier destined by his grandmother to become an Abbé through lack of wordly prospects. The result of these thirty years and more, from the Siege of Vienna to the conquest of Belgrade, was the omnipresent Baroque architecture which set its stamp on Austria as on no other country. The old Austria was a

familier. Presque tout ce que nous voulons dire se laisse dire aussi bien en demi-phrases. A quoi bon alors? En Autriche, tout est un peu différent. Les Habsbourg n'ont pas conquis leur empire, mais se sont mariés: »Alii bella gerant, tu, felix Austria, nube.« L'effet de ce fin filtre historique n'est nulle part aussi frappant qu'en dessinant le rôle de l'Autriche en tant que grande puissance, ce qu'elle était pendant plus de deux cent cinquante ans. On sait relier d'une manière convaincante le point de vue arrogant d'une grande puissance et la douilletterie frileuse d'un petit Etat. La grande puissance habsbourgeoise était sans aucun doute un cas spécial allemand, européen, mais c'était néanmoins une grande puissance, avec tous les mécanismes d'une telle puissance, avec toutes les ombres et lumières d'un empire. Les résultats de la politique matrimoniale des Habsbourg étaient vraiment spectaculaires. Un historien français les a réunis une fois, d'une manière irrespectueuse mais pertinente, sous la formule: Charles Quint avait acquis la majorité des actions du konzern européen, mais les a perdues ensuite déplorablement à la bourse de la Renaissance. Ce qui restait à ces descendants au seuil du Baroque n'étaient plus des valeurs, mais uniquement des options: les cousins espagnols étaient exposés à un Take-over bid après l'autre, l'héritage oriental était sous séquestre osman, et l'empire, au centre, le Saint empire romain, ne portait plus d'intérêt après le traité de Westphalie. Pour honorer ces titres, pour les transformer en pays, plus précisément en territoires, les Habsbourg avaient besoin d'argent, de beaucoup d'argent et encore de l'argent, pour faire la guerre. Le proverbe »Ce que tu as hérité de tes parents, acquiers le pour le posséder« avait pour eux une signification réelle. En attendant, l'Autriche montrait comment accéder du niveau impérial – quoique du plus noble – à la grande puissance européenne. Les théâtres de guerre de cette »époque héroïque autrichienne« étaient fortement dispersés. Des armées hétérogènes, mal payés, que les fonds en provenance de l'Espagne ou les subventions du Pape empêchaient de déserter, luttaient sur plusieurs fronts à la fois. Deux hommes, que

incontreranno mai? Nella maggior parte dei casi ciò non avviene – si tratta di qualcosa di assolutamente caratteristico per la nostra lingua parlata. Poiché è quasi sempre possibile esprimere in una mezza frase ciò che andrebbe espresso con una frase intera, perché non farlo? Anche gli Asburgo non avevano conquistato l'Impero, ma lo avevano acquisito con il matrimonio: „Alii bella gerant, tu, felix Austria, nube." L'effetto di tale filtro risulta particolarmente sorprendente se pensiamo al ruolo che l'Austria ha avuto in quanto grande potenza per più di duecentocinquant'anni. Così risulta possibile combinare in modo convincente l'arroganza della grande potenza con il piagnucolare tipico del piccolo stato. La grande potenza asburgica rappresentava un particolare caso tedesco, europeo, senza dubbio; si trattava però ugualmente di una grande potenza, con tutti i meccanismi che la caratterizzano, con tutti i vantaggi e gli svantaggi di un impero. I risultati della politica matrimoniale degli Asburgo furono però veramente spettacolari. Uno storico francese li riassumette una volta con una frase irrispettosa, ma molto appropriata: Carlo V aveva acquisito all'interno del gruppo europeo la maggioranza azionaria, ma l'aveva poi miseramente persa alla borsa della politica rinascimentale. Ciò che rimase ai suoi discendenti sulla soglia del periodo barocco non erano più gli effetti, ma soltanto opzioni: i cugini spagnoli erano esposti ad un „take-over" dopo l'altro; l'eredità in oriente era sotto sequestro osmanico. E il regno centrale, il Sacro Romano Impero, non dava più interessi in seguito alla pace di Vestfalia. Per poter riscattare questi titoli, per trasformarli in territori, gli Asburgo avevano bisogno di denaro, di molto denaro per poter fare la guerra. Il motto „Acquisisci ciò che hai ottenuto dai tuoi padri per possederlo" aveva un significato reale. Da stato generale dell'impero – e si trattava del più importante – l'Austria voleva divenire grande potenza europea. I luoghi di battaglia in questa „età eroica" dell'Austria erano campagne militari nelle zone più disparate. Armate prive di un'unità e mal pagate combattevano su più fronti contemporaneamente e, grazie al denaro

wieder Geld, um Kriege zu führen nämlich. Das Motto „Was du ererbt von deinen Vätern hast, erwirb es, um es zu besitzen“ hatte für sie reale Bedeutung gewonnen. Österreich exerzierte vorderhand den Aufstieg vom Reichsstand – wenn auch vom vornehmsten – zur europäischen Großmacht vor. Die Kriegsschauplätze dieses österreichischen „Heldenzeitalters“ waren weitverzweigte Feldzüge. An mehreren Fronten zugleich fochten uneinheitliche, schlechtbezahlte Armeen, gerade noch vorm Desertieren bewahrt entweder durch Gelder aus Spanien oder Zuwendungen des Papstes. Die unglaublichen Hauptdarsteller dieser erstaunlichen, immer wieder vom Kollaps bedrohten Blitzkriege waren zwei durch Widrigkeiten verhinderte Priester: Kaiser Leopold I., erst durch den Tod seines Bruders Thronfolger, Opernkomponist von Graden, und Prinz Eugen von Savoyen, italienischer Agnat und entlaufener französischer Höfling und mangels weltlicher Aussichten von der Großmutter zum Abbé bestimmt. Das Ergebnis dieser mehr als dreißig Jahre, von der Belagerung Wiens bis zur Eroberung Belgrads: die allgegenwärtige Barockarchitektur, die Österreich das Gepräge gibt wie keinem anderen Land. Das alte Österreich war ein barockes Land. Aber dieser Gewinn an Schönheit durch Barockseligkeit, wovon Österreich noch heute zehrt, wurde durch einen Verlust an Fortschritt wettgemacht, an dem wiederum Österreich bis heute leidet und für den die bildende Kunst nur ein Beispiel ist. Was der Savoyer für die Casa d'Austria erobert hatte, reichte von der Nordsee bis zur Südspitze Italiens, vom Oberrhein bis zur unteren Donau, was kulturell ungeahnt bereichernd, aber strategisch ein Unding war. Die Großmacht Österreich befand sich von ihrer Geburtsstunde an in der Defensive. Österreich führte beständig an irgendeiner Ecke Europas Krieg, während beispielsweise die Preußen exerzierten und Taler zählten. Wirklich kompliziert wurde die Bewahrung dieses Erbes dann in der nächsten Generation durch einen pseudofeministischen Geniestreich, genannt die „Pragmatische Sanktion“. In Österreich sollte fortan die weibliche Erbfolge gelten.

Baroque country. However, this gain in beauty through Baroque bliss, which still nourishes Austria, must be set against a loss in progress under which Austria also still labours and the fine arts are only one example of this. What Eugène conquered for the Casa d'Austria stretched from the North Sea to the southern tip of Italy, from the Upper Rhine to the Lower Danube and while it brought undreamed-of cultural enrichment, it was a strategic absurdity. From the hour of its birth as a great power Austria was on the defensive. She was always waging war in some corner of Europe while the Prussians exercised and counted the thalers. Preserving this inheritance became really complicated in the next generation through a pseudo-feminist stroke of genius called the Pragmatic Sanction. From then on inheritance through the female line was valid in Austria.

Once again we appeared on the stage of the Great World Theatre. Austria sat, so to speak, in the front row and the Austrians, theatre buffs to a man, felt the same prickling in the pit of the stomach as in the auditorium when the curtain rises. Everyone was on stage and everyone was taking part. But how did it actually come about? What was being staged? Austria was again being played, a state work of art, the Great World Theatre, and not only during the Festival period since there was always something special going on there. Not "a piece" was being given but "everything", as reported by Frederick II of Prussia, who was now making stage production history in Austria. The loss of Silesia led to Maria Theresia, the Queen of Hungary, taking the first step towards Austria being cast out of Germany, and in addition – in this country simply everything makes one use theatrical terms, makes one describe events as a scenario – the loss of Silesia – even though at the time no one paid any attention to such statistics – led to the Czechs now forming the majority in the Bohemian lands.

That was also the moment when for the first time the Austrians were overcome with the feeling that they were behind the times. Austrian

des circonstances fâcheuses ont empêché de devenir prêtres, furent les incroyables protagonistes de ces guerres éclairs, sans cesse menacées de collapsus: Léopold Ier, succédant au trône seulement à la mort de son frère, excellent compositeur d'opéras, et le prince Eugène de Savoie, agnat italien, courtisan français deçu dans ces ambitions, que la grand mère, ne voyant pour lui aucun avenir au sein de la société laïque, voulait contraindre à prendre l'habit. Le résultat de cette trentaine d'années, du siège de Vienne jusqu'à la conquête de Belgrade, est l'architecture baroque omniprésente qui marque l'Autriche comme aucun autre pays. La vieille Autriche était un pays baroque. Mais ce gain en beauté par la félicité baroque, dont l'Autriche tire encore profit, a été compensé par une perte en progrès, dont l'Autriche souffre aujourd'hui encore. Les arts plastiques ne constituent qu'un exemple. Les conquêtes du Savoyard s'étendait de la mer du Nord à la pointe Sud de l'Italie, du Haut-Rhin à la partie basse du Danube; elles étaient très enrichissantes sur le plan culturel, mais constituaient un non-sens sur le plan stratégique. Dès sa naissance, la grande puissance Autriche était acculée dans la défensive. Sans cesse, l'Autriche était en guerre, à un coin quelconque de l'Europe, alors que les Prussiens faisaient des manœuvres et comptaient les Thalers. La conservation de l'héritage se compliqua réellement dans la génération suivante, en raison d'un trait de génie pseudo-féministe appelé la »pragmatique sanction« assurant la succession au descendant en ligne directe du souverain précédant, indépendamment de son sexe. Nous nous trouvons à nouveau sur la scène du grand théâtre mondial. L'Autriche était, pour ainsi dire, assise au premier rang, et l'Autrichien, entiché de théâtre, ressentait cette sensation de fourmillement bien connue au creux de l'estomac comme dans une salle de spectacle, lorsque le rideau se lève. Tous étaient sur scène, tout le monde jouait. Mais dans quelle pièce? Quelle était l'œuvre donnée? L'Autriche était une fois de plus à l'affiche, une œuvre d'art étatique, le grand théâtre mondial, et cela non seulement pour la saison des festivals, où les festivités ne manquent

della Spagna o ai sussidi del papa, si evitava la diserzione. Gli incredibili protagonisti principali di queste brevi e sorprendenti guerre, sempre sull'orlo del collasso, erano due personaggi che avrebbero ambedue originariamente dovuto diventare sacerdoti: l'Imperatore Leopoldo I, divenuto erede al trono appena dopo la morte del fratello, compositore di opere molto dotato, e il Principe Eugenio di Savoia, agnato italiano, gentiluomo di corte francese fuggito che, per mancanza di possibilità di una carriera temporale, era stato destinato dalla nonna a divenire abate. Il risultato di questi trent'anni – dall'assedio di Vienna fino alla conquista di Belgrado – e l'architettura barocca onnipresente sono ciò che caratterizza l'Austria più di ogni altro paese. La vecchia Austria era un paese barocco. Ma tutte queste bellezze barocche delle quali l'Austria vive ancor oggi furono bilanciate da una perdita di progresso di cui l'Austria soffre ancora oggi e per la quale le arti figurative sono solamente un esempio. Le conquiste fatte dal Principe di Savoia per la Casa d'Austria andavano dal Mare del Nord alla punta più meridionale dell'Italia, dai territori al nord del Reno fino a quelli al sud del Danubio. Ciò costituiva un enorme arricchimento dal punto di vista culturale, ma era un'assurdità dal punto di vista strategico. La grande potenza austriaca si trovava dunque dal momento della sua nascita nella posizione di difesa. L'Austria continuava a combattere in qualche angolo dell'Europa, mentre i prussiani, ad esempio, si esercitavano e contavano i talleri. Ma il mantenimento dell'eredità si rivelò veramente complicato appena nella prossima generazione a causa di una „bravata pseudofemminista", chiamata la „Prammatica Sanzione". Si introduceva in Austria la successione femminile.

E ancora una volta ci troviamo sul palcoscenico del Grande Teatro Mondiale. L'Austria era per così dire seduta in prima fila e l'austriaco, fanatico del teatro, sentiva uno strano formicolio nella pancia, come quello dello spettatore poco prima che si alzi il sipario. Tutti erano sul

Wieder befinden wir uns auf der Bühne des Großen Welttheaters. Österreich saß sozusagen im ersten Rang, und der Österreicher, ein Theaternarr, verspürte das nämliche Kribbeln in der Magengrube wie im Zuschauerraum, wenn der Vorhang aufgeht. Alle waren auf der Bühne, alle spielten mit. Aber wobei eigentlich? Was wurde gegeben? Österreich wird wieder einmal gegeben, ein Staatskunstwerk, das Große Welttheater, und das nicht nur zur Festspielzeit, denn hier ist ohnehin immer irgendwas Festliches los. Nicht „ein Stück" wurde gegeben, sondern: „Alles", weiß Friedrich II. von Preußen, der nun in Österreich Inszenierungsgeschichte gemacht hatte, zu berichten. Maria Theresia, die Königin von Ungarn, setzte mit dem Verlust Schlesiens nicht nur den ersten Schritt auf dem Weg zum Hinauswurf Österreichs aus Deutschland, sondern – in diesem Land drängt eben alles zur theatralischen Verdinglichung, zur szenenmäßigen Gestaltung von Vorgängen – der Verlust Schlesiens – auch wenn derlei Statistiken damals noch niemanden kümmerten – führte auch dazu, daß in den böhmischen Ländern nunmehr die Tschechen in der Mehrzahl waren.

In jenen Jahren überkam die Österreicher auch zum ersten Mal das Gefühl, rückständig zu sein: Staunend beobachtete die österreichische Finanz, wie die Preußen aus dem Land ein Vielfaches an Steuern herausholten. Das Geheimnis ihres Erfolges war die Akzise, frei übersetzt mit einer Mehrwertsteuer auf Güter des gehobenen Bedarfs. Daraus entstand ein Muster von „challenge and response": Reformen wurden in Österreich schon damals von auswärtigen Niederlagen induziert, in concreto: Der aufgeklärte Absolutismus Josephs II. erhob sein Haupt. Der aufgeklärte Staat war vernünftig und tolerant und um Effizienz bemüht, doch auch der Sturm, mit dem Kaiser Joseph II. der Monarchie die Tore der Zukunft weit öffnen wollte, änderte nicht viel. Seine epochalen kulturellen, sozialen und politischen Reformen, die nach seinem Tode zum Teil kurzfristig rückgängig gemacht worden sind, ersparten zwar Österreich das Schicksal der Französischen Revolution

financial circles watched with astonishment how the Prussians managed to extract many times more taxes from their subjects. The secret of their success was excise duty or, freely translated, Value Added Tax on luxury goods. This produced a pattern of "challenge and response". Reforms had already been initiated by foreign defeats, in concreto: the enlightened absolutism of Joseph II raised its head. The enlightened state was reasonable and tolerant and attempted to be efficient, but even the storm with which Emperor Joseph II wanted to open the door to the future for the Monarchy did not change much. His epoch-making cultural, social and political reforms, some of which were swiftly rescinded after his death, did save Austria from a fate like the French Revolution and all of Central Europe from a fate like the Russian October Revolution, but they remained for the time being seed and only bore fruit in the course of the next century. Before that Austria developed into the counter-revolutionary power par excellence, not merely for the sake of the easy-going, beautiful aunt Marie Antoinette who lost her head under the guillotine, but out of that conservative principle, social order.

Joseph II suffered a typically Austrian fate. While Napoleon I always opined that "L'Autriche est toujours une année, une armée et une idée en arrière" (Austria is always one year, one army and one idea behindhand), it frequently befell the most outstanding Austrians that they were "one year, one army and one idea" ahead of their country and their times, which meant that they were not understood, or at least not then, and came to grief as a result. Why it is so hard to be ahead of one's time in Austria is based on the manifold origins of Austria's identity. Every single counter-revolution has always begun in Austria, where one could play off Germans against Italians and Hungarians against Croatians. It was not social revolution that primarily caused Austria any trouble: that was a bogey to be held up to the other potentates to keep them in order. It was national revolution that threatened to break up the state of many nations. In addition – and even worse – the great power position of Austria was

pas. Ce n'est pas »une pièce« que l'on donne mais »tout«, nous rapporte Frédéric II de Prusse, faisant maintenant histoire en matière de mise en scène en Autriche. Avec la perte de la Silésie, Marie-Thérèse, reine de Hongrie, accomplit non seulement le premier pas conduisant à l'expulsion de l'Allemagne, mais – dans ce pays tout pousse à la réification théâtrale, à la réalisation scénique d'événements – la perte de la Silésie – même si personne ne s'occupait alors de pareilles statistiques – installait aussi une majorité tchèque dans les domaines de la Bohème.
Dans ces années, les Autrichiens étaient pris, pour la première fois, du sentiment qu'ils étaient à la traîne: la finance autrichienne constata avec étonnement que les Prussiens tiraient beaucoup plus d'impôts de leur pays. Le secret de leur réussite fut l'accise, une sorte de taxe à la valeur ajoutée frappant les biens de consommation. Il en résulta un modèle de »challenge and response«: les réformes furent jadis déjà induites par les défaites à l'étranger. D'une manière concrète: l'absolutisme de Joseph II, acquis aux »lumières«, émergeait. L'Etat éclairé était raisonnable, tolérant et visait l'efficacité, mais même l'élan avec lequel l'empereur Joseph II voulait ouvrir largement les portes du futur n'amena pas de grands changements. Ses réformes révolutionnaires dans le domaine culturel, social et politique, furent en partie reprises après sa mort, mais ont épargné à l'Autriche le destin de la révolution française, et à l'Europe centrale le sort de la révolution d'octobre russe. La semence répandue ne porta ses fruits qu'au cours du siècle suivant. L'Autriche devint d'abord une puissance contre-révolutionnaire par excellence, non pas seulement à cause de la belle tante frivole, Marie-Antoinette, dont la tête était tombée sous la guillotine, mais en raison du principe conservateur, de l'ordre social.
Joseph II connut un sort typiquement autrichien. Alors que Napoléon I estimait que »L'Autriche est toujours une année, une armée et une idée en arrière«, les plus éminents Autrichiens étaient eux souvent dans leur pays »une année, une armée et une idée« en avance à leur époque. En

palcoscenico. Tutti partecipavano. Ma che cosa si voleva rappresentare? Ancora una volta andava in scena l'Austria, un'opera di stato, il grande teatro mondiale, e non soltanto nel periodo del festival, perché qui da noi c'è sempre qualcosa da festeggiare. Non si mandava dunque in scena un pezzo, ma piuttosto „tutto", così affermava Federico II di Prussia che curava la messa in scena in Austria. Con la perdita della Slesia, Maria Teresa, la regina dell'Ungheria, non compiva soltanto il primo passo per l'esclusione dell'Austria dalla Germania, ma – in questo paese tutto ci spinge a concretare in modo teatrale, alla messa in scena di avvenimenti – ebbe come conseguenza – anche se a quei tempi le statistiche non interessavano nessuno – il fatto che nei paesi della Boemia i Cechi ora rappresentavano la maggioranza.
Nel corso di quegli anni per la prima volta gli austriaci ebbero la sensazione di essere un po' arretrati: con grande sorpresa le autorità finanziarie austriache videro come la Prussia si arricchiva con le tasse. Il segreto del loro successo era l'accisa, volendo tradurre liberamente, si trattava di un'imposta sul valore aggiunto che riguardava le merci di lusso. Nacque così una specie di „challenge and response": già quella volta in Austria le riforme furono iniziate in seguito ad insuccessi esterni, concretamente: l'assolutismo illuminista di Giuseppe II si era risvegliato. Lo stato illuminista era ragionevole e tollerante e si sforzava di essere efficiente, ma anche l'impeto con cui Giuseppe II voleva aprire alla monarchia le porte verso il futuro non cambiò molto. Le sue sensazionali riforme culturali, sociali e politiche, che dopo la sua morte furono in parte revocate, risparmiarono all'Austria il destino della rivoluzione francese e a tutta l'Europa Centrale il destino della rivoluzione d'ottobre russa, ma rimasero inizialmente soltanto il seme e diedero frutti appena nel corso dei secoli successivi. Inizialmente l'Austria divenne una potenza controrivoluzionaria per eccellenza e non soltanto per amore della bella spensierata zia Marie Antoinette morta ghigliottinata, ma soprattutto per fedeltà al principio conservatore dell'ordine sociale.

und ganz Mitteleuropa das Schicksal der russischen Oktoberrevolution, aber sie blieben zunächst Saat und trugen erst im Verlauf des nächsten Jahrhunderts Frucht. Zunächst entwickelte Österreich sich erst zur kontrarevolutionären Macht par excellence, nicht bloß um der leichtlebigen schönen Tante willen, Marie Antoinette, deren Kopf unter der Guillotine gefallen war, sondern aus dem konservativen Prinzip, der gesellschaftlichen Ordnung.

Joseph II. erlebte ein typisch österreichisches Schicksal. Während Napoleon I. zwar stets meinte: „L'Autriche est toujours une année, une armée et une idée en arrière" – „Österreich ist immer ein Jahr, eine Armee und eine Idee im Rückstand", war es den hervorragendsten Österreichern nicht selten beschieden, ihrem Land und ihrer Zeit „ein Jahr, eine Armee und eine Idee" voraus zu sein, das heißt, sie wurden nicht oder noch nicht verstanden und scheiterten daran. Warum es gerade in Österreich so schwer ist, seiner Zeit voraus zu sein, liegt wohl in den vielfältigen Ursprüngen der österreichischen Identität begründet.

So nahm auch jedwede Gegenrevolution stets ihren Ausgang von Österreich, wo man Deutsche gegen Italiener und Ungarn gegen Kroaten ausspielen konnte. Nicht die soziale Revolution war es, die Österreich in erster Linie zu schaffen machte; sie war ein Popanz, geeignet, die anderen Potentaten im Zaum zu halten. Die nationale Revolution war es, die den Vielvölkerstaat mit dem Zerfall bedrohte; darüber hinaus – und schlimmer noch – wurde die Großmachtstellung Österreichs von der industriellen Revolution unterminiert. Unterminiert deshalb, weil es in Österreich keine Kohlengruben gab, die sich mit jenen in Preußen messen konnten, dem Tal, das Preußen auf dem Wiener Kongreß als ungeliebte Kompensation für Sachsen erhalten hatte, das es so viel lieber annektiert hätte. Ohne Kohle und Stahl aber war im Zeitalter der Eisenbahn und des Dampfschiffes kein Staat zu machen. So besehen war es wiederum kein Zufall, daß bei Königgrätz die Preußen die Hinterlader besaßen und nicht

undermined by the Industrial Revolution. Undermined because Austria had no coal mines comparable with those in Prussia, the valley that Prussia had received as an unwelcome compensation for Saxony, which she would far rather have annexed. Without coal or steel it was impossible to make a showing in the era of the railway and the steamship. Looked at this way, it was no accident that at Königgrätz the Prussians had the breachloader rather than the Austrians, who staged a perfect scene from an operetta by charging into the hail of bullets with fixed bayonets and to the strains of the Radetzky March.

The great power Austria ended, as it had begun, with the man in the Belvedere Palace, the summer residence of Prince Eugène and in 1914 the seat of the heir to the throne, Franz Ferdinand, who, despite all the boasting, had an inkling of what a war would mean: "The Czar and I are not going to push each other off our thrones . . ." The assassination of the heir to the throne was the signal for suicide out of a fear of death. Even "if we had won the war . . .", as Erich Kästner ruminated, Vienna could hardly have been more than a venerable satellite state. Her role on the main stage of world politics was played out. Nevertheless, or perhaps precisely because of this, when the war was lost the Prussian generals sent their King and Emperor into exile, whereas the marshalls of his Austrian counterpart offered to march on Vienna. He declined.

The spiritual, larger Austria survived both the Monarchy and the First World War, which arose, according to Franz Kafka, "out of a shocking lack of imagination", and its effects still partly remain, especially among emigrés. The innermost nature of the Hapsburg Empire, whose anthem had been sung in so many languages, however, remained misunderstood by public opinion in the West. This astonishing ignorance of the complicated relationships in Central Europe, together with a blindness to the power vacuum that had to follow as a consequence of the disintegration of the Empire, furthered a development which made the Annexation of

d'autres termes, on ne les comprenait pas, ou pas encore, ce qui amena leur échec. Pourquoi il est aussi difficile d'être à l'avant-garde justement en Autriche tient probablement aux origines multiples de l'identité autrichienne. Ainsi, toute contre-révolution avait toujours pour point de départ l'Autriche où l'on pouvait monter les Allemands contre les Italiens et les Hongrois contre les Croates. Les difficultés de l'Autriche ne venaient pas de la révolution sociale qui n'était qu'un croque-mitaine permettant de refréner les autres potentats. Ce fut la révolution nationale qui menaçait de disloquer le royaume composé de différents Etats. Pis encore, la révolution industrielle sapait la position de grande puissance de l'Autriche. En effet, l'Autriche ne possédait pas de mines de charbon pouvant rivaliser avec celles de la Prusse, mines se trouvant dans la vallée que le Congrès de Vienne attribua à la Prusse en compensation, peu appréciée, de la Saxe qu'elle aurait préféré annexer. Mais sans charbon et sans acier on ne pouvait mener grand train à l'ère du chemin de fer et du bateau à vapeur. Vu sous cet angle, il n'est pas étonnant qu'à Königgrätz ce sont les Prussiens qui possédaient les fusils chargés par la culasse, et non les Autrichiens qui se lancèrent, baïonnette au canon, poussés par l'air de la marche Radetzky, à l'assaut des balles prussiennes, comme dans une mise en scène d'opérette réussie.

La grande puissance Autriche s'acheva comme elle avait commencé, par l'homme au Belvédère, la résidence d'été du prince Eugène, servant en 1914 d'hôtel particulier à François-Ferdinand, le prétendant au trône, qui, tout en faisant le bravache, pressentait ce qu'une guerre signifierait: »Le tsar et moi, nous n'allons tout même pas nous pousser mutuellement du trône . . .« L'assassinat du neveu et héritier présomptif de François-Joseph, fut le signal du suicide par peur de la mort. Même, comme aimait à rêvasser Erich Kästner, si »nous avions gagné la guerre . . .« Vienne n'aurait jamais pu devenir davantage qu'un vieil Etat satellite vénérable. Son rôle sur la scène principale de la politique mondiale était terminé.

Giuseppe II subì un destino tipicamente austriaco. Mentre Napoleone I affermava „L'Autriche est toujours une année, une armée et une idée en arrière" – l'Austria è sempre indietro di un anno, di un'armata e di un'idea – accadeva spesso agli austriaci più capaci di essere in anticipo sui tempi e sul loro paese „di un anno, di un'armata e di un'idea", ciò significava che essi non venivano o non venivano ancora compresi ed erano destinati a fallire. Perché proprio in Austria sia così difficile essere in anticipo sui tempi dipende soprattutto dalle origini molteplici dell'identità austriaca. Così ogni controrivoluzionario partiva dall'Austria dove era possibile servirsi dei tedeschi contro gli italiani, degli ungheresi contro i croati. Non era la rivoluzione sociale che creava i problemi maggiori all'Austria; essa rappresentava piuttosto uno spauracchio per frenare gli altri sovrani. Era la rivoluzione nazionale che minacciava di far crollare lo stato plurinazionale; a prescindere da ciò la posizione dell'Austria era minata ancor più dalla rivoluzione industriale. Perché in Austria non c'erano miniere di carbone paragonabili a quelle della Prussia, alla valle che la Prussia aveva ricevuto al Congresso di Vienna come compenso indesiderato per la Sassonia che avrebbe preferito di gran lunga. Non era però possibile nell'era della ferrovia e dei piroscafi creare uno stato senza avere il carbone e l'acciaio. Così non era un caso che nella battaglia di Königgrätz fossero i prussiani e non gli austriaci a possedere i fucili a retrocarica, mentre gli austriaci, come in un'operetta, al suono della marcia di Radetzky e con le baionette inastate, si gettavano nella pioggia di pallottole.

La grande potenza austriaca trovò la sua fine lì dove aveva cominciato, con il signore del Belvedere, la residenza estiva del Principe Eugenio, dal 1914 sede dell'erede al trono, Francesco Ferdinando che, nonostante tutta quell'ostentazione di forza, sembrava presagire che cosa avrebbe significato una guerra: „Lo zar ed io non ci spingeremo viceversa giù dal trono . . .". L'assassinio dell'erede al trono era il segnale per il suicidio

die Österreicher, die wie bei einer gelungenen Operetteninszenierung mit Radetzkymarsch und aufgepflanztem Bajonett in den Kugelregen stürmten.
Die Großmacht Österreich endete, wie sie begonnen hatte, mit dem Mann im Belvedere, der Sommerresidenz des Prinz Eugen, 1914 Sitz des Thronfolgers Franz Ferdinand, der bei aller Kraftmeierei eine Ahnung davon verspürte, was ein Krieg bedeuten würde: „Der Zar und ich werden uns doch nicht gegenseitig vom Thron stoßen ..." Die Ermordung des Thronfolgers war das Signal zum Selbstmord aus Angst vor dem Tode. Selbst „wenn wir den Krieg gewonnen hätten ...", wie Erich Kästner sinnierte, für viel mehr als einen altehrwürdigen Satellitenstaat hätte es für Wien kaum gereicht. Sein Part auf der Hauptbühne der Weltpolitik war ausgespielt. Und doch oder vielleicht gerade deswegen: Als der Krieg verloren war, schickten die preußischen Generäle ihren Kaiser und König ins Exil; dem österreichischen boten seine Marschälle an, auf Wien zu marschieren. Er lehnte ab.
Das geistige, größere Österreich überdauerte die Monarchie wie auch den Ersten Weltkrieg, der nach Franz Kafka „aus einem entsetzlichen Mangel an Phantasie" entstanden ist, und es wirkt zum Teil auch heute noch, vor allem in der Emigration, nach. Das Habsburgerreich, dessen Hymne in so vielen verschiedenen Sprachen gesungen wurde, blieb in seinem innersten Wesen aber von der öffentlichen Meinung des Westens unverstanden. Diese erstaunliche Unkenntnis der komplizierten Verhältnisse in Mitteleuropa ebenso wie die Blindheit für das Machtvakuum, das die Auflösung der Donaumonarchie zur Folge haben mußte, förderte eine Entwicklung, in der dann auch der Anschluß 1938 vielen nur als unvermeidliche Konsequenz, die man resigniert zur Kenntnis zu nehmen hatte, erscheinen mußte. „Auf das, was nun kommen muß, sind wir tiefer vorbereitet als jemand in Europa", prognostizierte Hugo von Hofmannsthal fast mythisch-doppelsinnig. Waren wir es? Sind wir es?
Was sollte uns jetzt noch groß passieren? Wir hatten alles hinter uns.

1938 appear simply as an unavoidable consequence which one accepted with resignation. "We are more fully prepared for what has to come than anyone else in Europe", prophesied Hugo von Hofmannsthal, almost mythically ambiguous. Were we? Are we? What can still happen to us of consequence? We have seen it all. The times are past when the situation was "hopeless, but not serious", also those when Austria could act as a "test laboratory for the end of the world", or had become a model of the lost identity of the modern individual, while at the same time being the incubation tent for modernity: the insight into the complexity of things, the unity in diversity, all that led to an amalgamation of diverse, contradictory characteristics. Friedrich Hebbel called Austria "a small world in which the great rehearse", finally – as Robert Musil said – for the "world experiment", which with the clarity of a laboratory model displays the empty substance of reality. We have long become too unimportant, even if we now feel ourselves ten times as important, in inverse ratio to our actual importance. However, in this country broad-minded world citizenship and ingrained provincialism exist in an almost symbiotic relationship, good-naturedness and malice shake hands, and much ado is made about nothing and little about much. Too late. When the Austrian world really came to an end in March 1938 the Austrians stood cheering at the roadside, not all of course, not even the majority, but still far too many. "Austria: where all good and evil in the Central European spirit were born, this was the birthplace of anti-semitism and Zionism . . . the German language first saw the light of day here in the Nibelung lands (in Pöchlarn on the Danube). It died here a few centuries later (in Braunau on the Inn)", wrote Anton Kuh. German nationalism dragged Austria for a second time into the abyss before it died itself in the Nazi Götterdämmerung.
What, then, can still happen to us?
What could be done to us we have already done to ourselves long ago. It caught up with us. The laugh had died. The magic of this country, its

Cependant, lorsque la guerre fut perdue, les généraux prussiens envoyèrent leur empereur et roi en exil, les maréchaux de l'empereur et roi d'Autriche lui proposèrent de marcher sur Vienne. Il refusa.
L'Autriche intellectuelle, plus grande, a survécu à la monarchie et à la Première guerre mondiale due, selon Franz Kafka, »à une horrible absence d'imagination«, dont les effets sont en partie aujourd'hui encore perceptibles, surtout dans l'émigration. Mais l'opinion publique de l'Ouest n'a pas saisi la valeur intrinsèque de l'empire habsbourgeois, dont l'hymne a été chanté en tant de langues différentes. Cette méconnaissance surprenante des rapports compliqués régnant en Europe centrale, de même d'ailleurs que le manque de discernement du vide politique qui prendra place après la dissolution de la monarchie danubienne, a favorisé une évolution aboutissant à l'annexion en 1938, qui représentait pour beaucoup une conséquence inévitable qu'il fallait accepter en se résignant. »Nous sommes mieux préparés à ce qui doit venir maintenant« que quiconque en Europe, prévoyait Hugo von Hofmannsthal d'une manière mythique et obscure. Etions-nous, sommes-nous, vraiment préparés?
Que pouvait-il encore nous arriver? Tout était derrière nous. Finis les temps où la situation »était désespérée, mais non grave«, fini aussi le temps où l'Autriche pouvait servir de »station d'essai de la fin du monde«, où elle était devenue le modèle de l'identité perdue, de l'individu moderne, mais aussi, le milieu d'incubation du moderne: La compréhension de la complexité des choses, de l'unité dans la multitude, tout cet ensemble a conduit à un amalgame de propriétés différentes et contradictoires. Pour Friedrich Hebbel, l'Autriche devient ici »un petit monde où le grand tient ses répétitions«, pour Robert Musil, »l'expérience mondiale« qui révèle clairement, comme un modèle de laboratoire, le vide substantiel de la réalité. Depuis longtemps, nous sommes devenus trop insignifiants, même si nous nous estimons maintenant dix fois plus importants, inversement proportionnel à notre importance réelle. Mais ce

dettato dalla paura della morte. Anche se „avessimo vinto la guerra ...", come scriveva Erich Kästner, non avremmo probabilmente potuto avere più di un tradizionale e rispettabile stato satellite intorno a Vienna. La parte dell'Austria sul palcoscenico principale della politica mondiale era finita. E forse proprio per questo: Dopo la sconfitta i generali prussiani mandarono il loro imperatore e re in esilio; i marescialli imperiali austriaci proposero all'imperatore austriaco di marciare su Vienna. Egli rifiutò.
L'Austria delle idee, l'Austria più grande sopravvisse alla monarchia e anche alla prima guerra mondiale che, secondo Franz Kafka, altro non era che il risultato di „una terribile mancanza di fantasie" e continua a operare ancora oggi, soprattutto dall'estero. Il regno degli Asburgo, il cui inno venne cantato in tante lingue diverse, non fu però compreso nella sua essenza dall'opinione pubblica occidentale. Questa sorprendente ignoranza delle condizioni complesse dell'Europa centrale cosiccome la cecità per il vuoto di potere creatosi in seguito al crollo della monarchia danubiana, rese possibile uno sviluppo in cui anche l'annessione nel 1938 per molti dovette sembrare soltanto una conseguenza inevitabile che bisognava accettare con rassegnazione. „Siamo molto più profondamente preparati a ciò che deve accadere che qualsiasi altro in Europa", pronosticava Hugo von Hofmannsthal in modo quasi mitico e un po' ambiguo. Lo eravamo? Lo siamo?
Che cosa poteva ancora succederci? Ci era già successo tutto. Erano passati i tempi in cui la situazione era „priva di speranza, ma non grave", erano passati anche i tempi in cui l'Austria poteva fungere da „banco di prova per la fine del mondo", da modello dell'identità perduta dell'individuo moderno, ma contemporaneamente anche da luogo d'incubazione dello spirito moderno: lo conoscenza della complessità delle cose, dell'unità nella molteplicità, tutto ciò porta alla nascita di un amalgama di caratteristiche diverse e contradditorie. A questo punto l'Austria diviene per Friedrich Hebbel „un piccolo mondo in cui quello grande fa

Vorbei die Zeiten, da die Lage „hoffnungslos, aber nicht ernst" war, vorbei auch, daß Österreich als „Versuchsstation des Weltunterganges" fungieren konnte, zum Modell der verlorenen Identität des modernen Individuums überhaupt, gleichzeitig aber auch zur Inkubationsstätte der Moderne: Die Einsicht in die Komplexität der Dinge, in die Einheit der Vielfalt, all das führt zu einem Amalgam unterschiedlicher, widersprüchlicher Eigenschaften. Hier wird Österreich für Friedrich Hebbel „eine kleine Welt, in der die große ihre Probe hält", letztlich – wie Robert Musil sagte – zum „Weltexperiment", das mit der Klarheit eines Labormodells die substantielle Leere der Wirklichkeit deutlich werden läßt. Längst sind wir dafür zu unbedeutend, auch wenn wir uns gerade jetzt zehnmal so wichtig nehmen, umgekehrt proportional zu unserer realen Bedeutung. Aber in diesem Land existieren nun mal offenes Weltbürgertum und tiefe Provinzialität in einer nahezu symbiotischen Beziehung, geben einander Gutmütigkeit und Bösartigkeit die Hand, hier wird viel Lärm um nichts und wenig Lärm um viel gemacht. Zu spät. Denn als die österreichische Welt im März 1938 wirklich untergegangen ist, da standen die Österreicher jubelnd am Wegesrand, nicht alle natürlich, nicht einmal die Mehrheit, aber immer noch viel zu viele: „Österreich: Hier wurde Gut und Böse des mitteleuropäischen Geistes geboren, hier war die Geburtsstätte des Antisemitismus und des Zionismus ... hier erblickte im Nibelungenland die deutsche Sprache das Licht der Welt (in Pöchlarn an der Donau). Hier starb sie einige Jahrhunderte später (in Braunau am Inn)", schrieb Anton Kuh. Der Deutschnationalismus riß Österreich ein zweites Mal in den Abgrund, ehe er endlich selbst in der Nazi-Götterdämmerung verreckt ist.
Also, was sollte uns noch passieren?
Was uns angetan werden konnte, haben wir uns längst selber angetan.
Es hatte uns erwischt. Es hatte sich ausgelächelt. Der Zauber dieses Landes, sein sprichwörtlicher Charme, seine Unverwechselbarkeit, verjagt, vernichtet. Der Schmäh, vorbei. –

legendary charm, its unmistakability, driven away, destroyed. The glib stories were a thing of the past.
Stop, stop, that doesn't work. The various players must keep strictly to their roles and in any case the Vienna State Opera, the Salzburg Festival, Lake Wörth and even the beloved powder snow are all still there. That is the story. After all, not just one epoch had prepared the stage for the Austrian World Theatre but also Nature, history and accident. One might say – perhaps ought to say – a grandiose haphazardness. And at least one should give us the credit for one thing: no one can beat us at self-criticism. Regardless of what the programme planners and market strategists daub on the posters, in reality Austria's overpowering ambiente cannot be presented or personified so simply, and whoever believes otherwise has only himself to blame. He wants to be deceived. In any case we Austrians have always been very ready to let ourselves be shown up by other Austrians. Almost a century and a half ago Johann Nestroy said: "Only the stupid can overlook the grief that everywhere peeps through the threadbare goodnature."
It is no accident that Austrians are particularly fond of those politicians or men of letters who, to begin with, as if with visionary traits, give the imagination of their fellow-countrymen a helping hand and strengthen them in their belief that they are something special – this is an attempt to salvage the universal idea of the old empire – and, secondly, strengthen them in an attitude of universal compensation. The latter is not least imbued with tolerance and the rejection of every fanaticism, is filled with Erasmic humanism and, used positively, favours a way of thinking and attitudes that abjure an unconditional insistence on being right. It constrains one to diplomatic accommodation and empathy with others, though in extreme cases and used negatively it can burgeon, as Hermann Bahr recognized, into a total lack of character. Alfred Polgar put it thus: "It cannot be denied that these pleasant qualities can occasionally manifest an unpleasant side, a willingness to let things take their own

pays comporte un cosmopolitisme ouvert et un profond provincialisme qui se trouvent dans un rapport pratiquement symbiotique, la bonté et la méchanceté se donnent la main, ici on fait beaucoup de bruit pour rien, et peu de bruit pour beaucoup. Trop tard. Lorsque le monde autrichien s'est éteint en mars 1938, les Autrichiens en liesse étaient plantés le long des routes, pas tous évidemment, même pas la majorité, mais trop dans tous les cas. »L'Autriche: le bien et le mal de l'esprit de l'Europe centrale sont nés ici, ici se trouvait le lieu de naissance de l'antisémitisme et du sionisme . . . ici, dans le pays des Nibelungen, vint au monde la langue allemande (à Pöchlarn sur le Danube). Ici, elle mourut quelques siècles plus tard«, écrivit Anton Kuh. Le nationalisme germanique précipita l'Autriche une deuxième fois dans l'abîme avant de crever lui-même dans le crépuscule des dieux nazis.

Que pouvait encore nous arriver?

Ce que l'on pouvait nous faire, nous nous le sommes fait depuis longtemps.

Nous sommes faits. Adieu la rigolade. Le charme proverbial de ce pays, son caractère unique, balayés, disparus. Finie la galéjade.

Stop, stop, ça ne va pas: les divers acteurs sont priés des s'en tenir strictement à leur rôle, par ailleurs, l'Opéra de Vienne, le festival de Salzbourg, le lac de Wörth, et même la neige poudreuse tant aimée, ils sont encore là. Voilà l'histoire. La scène du théâtre mondial autrichien n'est pas le fait d'une seule époque, mais celui de la nature, de l'histoire et du hasard. On pourrait – plus pertinemment encore peut-être – parler d'un manque de méthode. Mais qu'on inscrive au moins une chose à notre actif: quand il s'agit de nous critiquer nous-mêmes, nous ne nous laissons dépasser par personne.

Quoique les planificateurs et stratèges du marché peignent sur leurs affiches: l'ambiance surpuissante de l'Autriche ne se laisse vraiment pas représenter, voire personnaliser, aussi simplement. Et celui qui s'est laissé tromper par nous, c'est bien fait pour lui. C'est de sa faute, il le

le sue prove", infine, come dice Robert Musil, un „esperimento mondiale" che con la inequivocabilità di un modello da laboratorio rende evidente il vuoto della realtà. Da lungo tempo siamo ben troppo poco importanti per tutto ciò, anche se ci consideriamo dieci volte più importanti, indirettamente proporzionali alla nostra importanza reale. Ma in questo paese coesistono in un rapporto quasi simbiotico cosmopolitismo aperto e profondo provincialismo, bonarietà e cattiveria si danno la mano, qui si fa molto rumore per nulla e poco rumore per molto. Troppo tardi. Poiché quando il mondo austriaco crollò veramente, nel marzo del 1938, gli austriaci esultavano al limite della strada, non tutti naturalmente, non era neanche la maggioranza, ma ancora troppi: „Austria: qui nacquero il bene ed il male dello spirito mitteleuropeo, questo è il luogo di nascita dell'antisemitismo e del sionismo . . . Qui, nel paese dei Nibelunghi, venne al mondo la lingua tedesca (a Pöchlarn sul Danubio). Qui essa morì, alcuni secoli più tardi (a Braunau sull'Inn)", scriveva Anton Kuh. Il nazionalismo tedesco trascinò l'Austria per la seconda volta nell'abisso prima di crepare finalmente nel crepuscolo degli dei nazista.

Allora che cosa poteva succederci ancora?

Già da tanto ci siamo fatti il male che altri avrebbero potuto farci.

Era successo a noi. Non c'era più niente da ridere. La magia di questo paese, il suo proverbiale fascino, la sua inconfondibilità erano stati cacciati, annientati. Finiti gli scherzi.

Stop, stop, così non va: i diversi attori devono rimanere fedeli ai loro ruoli e, tra l'altro, l'Opera di Vienna, il Festival di Salisburgo, il Wörther See e addirittura l'amata neve farinosa esistono ancora. Questa è la storia. In fondo a preparare il palcoscenico del Teatro Mondiale Austriaco non è stata solo un'epoca, ci sono stati anche la natura, la storia e il caso. Forse si potrebbe dire – e sarebbe anche più giusto: un grandioso disordine. Almeno questa nostra caratteristica è apprezzabile: nell'autocritica siamo i migliori.

Halt, halt, das geht nicht zusammen: Die diversen Darsteller haben strikt bei ihren Rollen zu bleiben, und im übrigen, die Wiener Oper, die Salzburger Festspiele, der Wörther See und selbst der beliebte Pulverschnee, sie sind noch da. Das ist die Historie. Schließlich hat dem österreichischen Welttheater auch nicht nur eine Epoche die Bühne bereitet, sondern die Natur, die Geschichte und der Zufall.
Man könnte zwar – besser vielleicht sogar – sagen: eine grandiose Planlosigkeit.
Und wenigstens das möge man uns zugute halten: In der Kritik an uns selber lassen wir uns von niemandem übertreffen.
Was auch immer die Programmplaner und die Marktstrategen auf ihre Plakate malen mögen: Österreichs übermächtiges Ambiente läßt sich in Wahrheit eben nicht so einfach darstellen oder gar personalisieren. Und wer sich von uns hat täuschen lassen, ist selber schuld. Der wollte getäuscht werden. Wir Österreicher selbst haben uns sowieso immer wieder bereitwillig gerade von Österreichern selbst entlarven lassen. Schon vor fast anderthalb Jahrhunderten hat Johann Nestroy gemeint: „Nur der geistlose Mensch kann den Harm übersehen, der überall durch die fadenscheinige Gemütlichkeit durchblickt."

Es kommt auch nicht von ungefähr, daß die Zuneigung der Österreicher in ganz besonderem Maße jenen Politikern oder Literaten gilt, die erstens, visionären Zügen entsprechend, den Phantasien ihrer Landsleute auf die Sprünge helfen und sie in dem Glauben bestärken, etwas Besonderes zu sein – hier versucht man, die Universalidee des alten Imperiums hinüberzuretten –, als auch zweitens, sie in einer Haltung des universalen Ausgleichs zu bestärken. Die nicht zuletzt durch Toleranz und Absage an jeglichen Fanatismus geprägt ist, von einem erasmischen Humanismus diktiert wird und begünstigt positiv gewendet ein Denken und eine Einstellung, die dem bedingungslosen Recht-haben-Wollen abschwört, zeigt. Sie zwingt zu diplomatischer Anpassung und Einfühlung in den

course; a conscious underestimation of a danger in order not to be bothered with the problems, an indolence of the heart hidden under a charming lack of concern."
However, this can only be a genuine annoyance to those people who do not want to recognize that everything is part of the staging, of that Austrian choreography in which one need not take part, even if one can pay for it, and the protesters and the profiteers belong in it, quite apart from poor, rich Everyman, that cutthroat who went straight to Heaven for the price of a stammered "Our Father". In any case, in times of need one cannot listen to everyone. That would be excessive self-criticism. The Austrian does not waste time and energy on things that he does not consider to be essential. He has even stopped thinking seriously about that – not because he has long been able to afford to forget it all, rather because he cannot afford it and does not want to afford it. Here the context is the event – and the integration the binding element. The Austrian listens and so no longer looks sideways for the applause and admiring looks of the rest of the world. No, the Austrians primarily put on a show for themselves. They like the applause of the others but they don't need it. "Look here", as someone who has learned to be an Austrian might say, and it wouldn't even sound arrogant, "in my experience, you only need to get on with it – you will always find someone who watches, criticizes and damns, but still pays." Those who hear him may think that a really extrovert egomaniac is talking. That that isn't so, is shown by the latent scepticism towards one's own pronouncements, the tracking down of opposite facts, the irrestistible desire to question the products of one's own perceptions – not for nothing are such characteristics of a Nestroy-like self-criticism the sign of a true Austrian.
To quote Nestroy again, "The noblest nations of all the nations is . . . resignation".
It is also a characteristic of Austrian art that it is at its most effective when it draws its strength and inspiration from the people. In this respect,

voulait. Nous les Autrichiens, nous nous sommes toujours laissés démasquer volontairement par des Autrichiens. Il y a près d'un siècle et demi, Johann Nestroy écrivit: »Seul l'homme sans esprit peut ne pas voir le mécontentement qui sourd à travers la bonhomie cousue de fil blanc«.

Ce n'est pas par hasard que l'affection des Autrichiens va particulièrement aux hommes politiques et gens de lettres qui, premièrement, en suivant des traits visionnaires, soutiennent l'imagination de leurs compatriotes et les réconfortent dans leur idée d'être quelque chose de particulier – on essaie par là de sauver l'idée universelle du vieil empire – et deuxièmement, stimulent l'attitude qu'ils adoptent à l'égard de l'équilibre universel. Cette attitude marquée par la tolérance et le rejet de tout fanatisme, pénétrée par l'humanisme d'Erasme, faisant état, dans un sens positif, d'une conception et d'un comportement qui renient tout ergotage inconditionné. Elle contraint à l'adaptation diplomatique et à une intuition participante qui permet d'acquérir une certaine connaissance de l'autre, ce qui dans le cas extrême, et négatif, peut aller jusqu'à un manque de caractère, comme l'a dit une fois Hermann Bahr, ou bien comme l'a exprimé Alfred Polgar: »On ne peut nier que ces qualités agréables se manifestent de temps en temps sous une forme désagréable: sous forme d'empressement de laisser courir les choses comme elles vont, sous forme de méconnaissance volontaire d'un danger, pour éviter d'être importuné par les problèmes, sous forme d'une indolence du cœur que masque un je-m'en-fichisme aimable.«

Mais cela ne peut être un vrai ennui que pour les hommes qui se refusent d'admettre que tout cela fait partie de la mise en scène, de cette chorégraphie autrichienne que personne n'est obligée de danser, même pas s'il peut la payer, et qui englobe aussi bien les profiteurs que les rouspéteurs, sans parler du pauvre richissime Jedermann, ce requin, qui pour le prix d'un Notre-Père dit du bout des lèvres s'élève droit au ciel. Du reste, on ne peut s'occuper de tout le monde en ces temps de misère. C'est une autocritique exagérée. L'Autrichien ne gaspille pas son temps

Se prescindiamo da ciò che pianificatori di programmi e esperti di strategia del mercato scrivono sui loro manifesti: il fortissimo ambiente austriaco in realtà non è così facile da rappresentare o da personalizzare. E chi di noi si è fatto ingannare voleva essere ingannato. La colpa è sua. Noi austriaci siamo sempre stati disposti a farci smascherare proprio da altri austriaci. Quasi centocinquant'anni fa Johann Nestroy diceva: „Solo una persona priva di spirito non vede l'affanno che traspare dalla magra giovialità."

Non è neanche un caso che gli austriaci preferiscono sempre quei politici o letterati che, in modo visionario, vengono in aiuto delle fantasie dei loro connazionali e rafforzano in loro la convinzione di essere qualcosa di speciale – qui si tenta di far continuare a esistere l'idea universale del vecchio impero – e d'altra parte appoggiano l'atteggiamento del compenso universale.

Esso è caratterizzato dalla tolleranza e dal rifiuto di ogni fanatismo, da un umanismo erasmiano e favorisce, se visto dal lato positivo, un pensiero ed un atteggiamento che negano il voler aver ragione a tutti i costi. Esso costringe ad un adattamento diplomatico e alla comprensione per l'altro, cosa che in casi estremi, se visto dal lato negativo, può portare anche, come notò Hermann Bahr, alla mancanza di carattere. O come disse Alfred Polgar: „Non si può negare che tali piacevoli qualità si manifestino qualche volta in modo spiacevole: nella prontezza a lasciar andare le cose come vanno: in un atteggiamento di disconoscimento conscio del pericolo per non essere importunati da problemi, nell'indolenza del cuore, il tutto dietro ad un'amabile indifferenza."

Ma ciò può far arrabbiare veramente soltanto coloro che non vogliono vedere che tutto fa parte della messa in scena, di quella coreografia dell'Austria, a cui nessuno è obbligato a partecipare – e ciò vale anche per quelli che sono in grado di pagare – e della quale fanno parte sia i protestatori che i profittatori, per non parlare del povero ricco uomo qualunque che, per un Padre Nostro balbettato va a finire diritto in

anderen, was im Extremfall und negativ gewendet allerdings, wie Hermann Bahr einmal feststellte, bis zur Charakterlosigkeit gedeihen kann. Oder wie Alfred Polgar es ausdrückt: „Nicht zu leugnen, daß diese angenehmen Qualitäten sich zuweilen unangenehm manifestieren: als Bereitwilligkeit, die Dinge laufen zu lassen, wie sie laufen; als bewußtes Verkennen einer Gefahr, um nicht von den Problemen belästigt zu werden, als Trägheit des Herzens, versteckt unter liebenswürdiger Wurschtigkeit."

Aber ein wirkliches Ärgernis kann dies doch nur für solche Menschen sein, die nicht sehen wollen, daß eben alles zur Inszenierung gehört, zu jener Österreich- Choreographie, die ja keiner mitzutanzen braucht, auch nicht, wenn er es bezahlen kann, und zu der die Protestler genauso gehören wie die Profiteure, ganz zu schweigen vom armen reichen Jedermann, diesem Halsabschneider, der um den Preis eines gestammelten Vaterunsers schnurstracks in den Himmel kommt. Und außerdem man kann sich in Zeiten der Not nicht um alle kümmern. Das ist übertriebene Selbstkritik. Der Österreicher verschwendet Zeit und Energie nicht auf die Dinge, die ihm nicht wesentlich sind. Er hat sogar aufgehört, darüber ernsthaft nachzudenken – nicht weil er es sich längst leisten kann, generell zu vergessen, eher weil er es sich nicht mehr leisten kann und nicht mehr leisten will. Kontext ist hier das Ereignis – und Integration das bindende Element. Der Österreicher horcht und schielt daher auch nicht nach dem Applaus und den bewundernden Blicken des Restes der Welt. Nein, die Österreicher inszenieren vorderhand für sich selbst, sie lieben den Applaus von außen, aber sie brauchen ihn nicht. „Schauen Sie", sagt ein gelernter Österreicher, und es klingt nicht einmal arrogant, „meine Erfahrung ist, man muß nur machen – es findet sich immer einer, der zusieht, kritisiert und verdammt, aber zahlt." Wer ihn solche Sätze sagen hört, der mag denken, da rede nun wirklich ein extrovertierter Ego-Inszenator. Daß es so nicht ist, zeigt jedoch die

Nestroy – for whom scepticism was a scalpel – was no exception. He has had numberless successors right up to our times. It would be a thankless task to list them all here and then still forget one of them. However, not to mention Jaroslav Hašek's "Good Soldier Schwejk" and Helmut Qualtinger's "Herr Karl" would almost be a sin. They are cut from exactly the same cloth as the Austrians and Austria.

The close proximity of the most differing types of landscape is a further typical characteristic of this unusual country. Austria, more than 60 % of whose present territory is taken up by the Alps – thus beating Switzerland – nevertheless displays a remarkable variety of landscapes. "Nature", wrote Alfred Polgar, "has provided beautiful sets for the Austrian scene, parts of the Austrian landscape are unique in their mixture of charming and magnificent aspects." Austria stands "on a clearly defined stage with the flat lands of the East as the proscenium" and the Alps as a sort of cyclorama. They are both the stage sets for this natural theatre.

Nowhere is this clearer than in our music. The mysterious attraction of Wolfgang Amadeus Mozart, Joseph Haydn and Franz Schubert, the irrestibleness of the works of the Strauss Brothers, to say nothing of those of their father, to name again just a few – all this is based in the tradition of Austrian folk music, its rhythms, harmonies and melodies. Austrian folk music was then equally the Styrian ländler, the Polish mazurka, the Hungarian shepherd's music and the Serbian kolo, the Bohemian polka and the Alpine dulcimer. A little of all of them can be found in the Viennese "Schrammel" music whose "immortality" consists equally in its multinationality, through which it can speak to almost all the nations of Central Europe, and in the scepsis and – in turn – resignation which was to be found after the Biedermeier Period in almost all classes of the Hapsburg Empire and which can be recognized in every bar and every line of verse by the Schrammel Brothers. "Heuriger" music itself and the texts of these songs express time and again that deeply melancholic

et son énergie pour des choses qui ne sont pas importantes. Il a même cessé d'y réfléchir sérieusement, non pas parce qu'il peut se permettre depuis longtemps d'oublier, mais plutôt parce qu'il ne peut plus, et ne veut plus, se le permettre. Le contexte est l'événement, l'intégration est l'élément qui engage. L'Autrichien n'est pas attentif aux applaudissements et aux regards admirateurs du reste du monde. Non, les Autrichiens mettent en scène d'abord pour eux-mêmes, ils aiment les acclamations venant de l'extérieur, mais n'en n'ont pas besoin. »Voyez vous«, dit un vrai Autrichien, sans que cela paraisse pour autant arrogant, »j'ai fait l'expérience qu'il suffit de faire quelque chose, il se trouve toujours quelqu'un qui regarde, qui critique et qui condamne, mais il paie«. Quiconque attend prononcer de telles phrases peut penser que celui qui parle est un vrai metteur en scène égocentriste extrovertie. Mais le scepticisme immanent à l'égard des propres affirmations, le dépistage de faits contradictoires, le plaisir irrésistible de sans cesse remettre en doute les expériences personnellement acquises prouvent qu'il n'est pas ainsi: ces qualités d'une autocritique satirique et parodique à la Nestroy ne sont pas pour rien devenus le label autrichien.

Et, de toute manière, toujours en citant Nestroy: ». . . la nation la plus noble parmi toutes les nations . . . la résignation.«

Une autre caractéristique de l'art autrichien est que son impact est maximal là où sa force et son inspiration émanent du peuple. Vu sous cet angle, Nestroy, qui se sert de son scepticisme comme d'un bistouri, ne constitue donc pas une exception. Nombreux sont ses successeurs jusqu'à nos jours. Il serait vain de les énumérer tous, tout en risquant d'en oublier un. Mais ne pas mentionner »Le Brave Soldat Svejk«, de Jaroslav Hašek, et »Herr Karl«, de Helmut Qualtinger, équivaudrait à commettre un vrai péché.

La succession ininterrompue de paysages très variés est une autre caractéristique de ce pays surprenant. L'Autriche dont les Alpes couvrent plus de soixante pour cent de sa superficie, plus qu'en Suisse, ne se

paradiso. E inoltre non ci si può occupare di tutti in periodi di bisogno. Questa è autocritica esagerata. L'austriaco non perde tempo ed energie per questioni che egli non considera fondamentali. Egli ha addirittura smesso di pensarci seriamente – non perché egli si possa permettere da tempo di dimenticare, piuttosto perché egli non se lo può più e non se lo vuole permettere. Il contesto rappresenta qui l'avvenimento – l'integrazione è l'elemento vincolante. Per questo l'austriaco non cerca neanche l'applauso e l'ammirazione del resto del mondo. No, gli austriaci mettono in scena soprattutto per sé stessi, essi amano l'applauso esterno, ma non ne hanno bisogno. „Guardi", mi dice un austriaco professionista, e non lo dice neanche con arroganza, „io ho fatto l'esperienza che basta fare – si trova sempre uno che guarda, critica e maledice, ma paga." Chi sente una frase del genere penserà che parla un inscenatore dell'io molto estroverso. Che non è così si vede però dall'immanente atteggiamento scettico rispetto alle proprie affermazioni, il rintracciamento di fatti opposti, il desiderio irresistibile di continuare a mettere sempre in dubbio i risultati delle proprie conoscenze; queste caratteristiche di autocritica alla Nestroy sono divenute giustamente il marchio austriaco.

E poi, ancora secondo Nestroy, „. . . La nazione più pura tra le nazioni è . . . la rassegnazione."

E' anche una caratteristica dell'arte austriaca essere più efficace lì dove essa trae la sua forza e ispirazione dal popolo. Nestroy, per cui l'atteggiamento scettico era lo scalpello, non era – da questo punto di vista – un'eccezione. Egli possiede numerosi successori, fino ai giorni nostri. Sarebbe vano indicarli tutti qui, per poi magari dimenticarne ugualmente qualcuno. Sarebbe però quasi un peccato non nominare qui „Il soldato Schwejk" di Jaroslav Hašek e „Il signor Karl" di Helmut Qualtinger. Essi sono fatti della materia di cui è fatta l'Austria, di cui è fatto l'austriaco.

immanente Skepsis gegenüber den eigenen Behauptungen, das Aufspüren von gegenteiligen Tatsachen, die unwiderstehliche Lust, die Produkte eigener Erkenntnis immer wieder in Frage zu stellen; diese Eigenschaften einer nestroyartigen Selbstkritik sind nicht ohne Grund zum österreichischen Kennzeichen geworden.
Und sowieso ist, nochmals laut Nestroy: „... Die edelste Nation unter allen Nationen ... die Resignation."
Auch ist es ein Charakteristikum der österreichischen Kunst, daß sie am wirkungsvollsten dort ist, wo sie ihre Kraft und ihre Inspiration aus dem Volk zieht. Nestroy, für den die Skepsis zum Skalpell wurde, war – so gesehen – keine Ausnahme. Es gibt ungezählte Nachfolger bis in unsere Zeit. Es wäre müßig, sie alle hier aufzuzählen, um dann doch einen zu vergessen. Jaroslav Hašeks „Soldat Schwejk" und Helmut Qualtingers „Herr Karl" jedoch nicht zu erwähnen, fast eine Sünde. Sie sind aus genau dem Holz, das Österreich, den Österreicher ausmacht.
Die enge Verbindung verschiedenartigster Landschaften ist ein weiteres typisches Merkmal dieses ungewöhnlichen Landes. Österreich, dessen Fläche heute zu mehr als sechzig Prozent durch die Alpen eingenommen wird und damit sogar die Schweiz übertrifft, zeichnet sich trotzdem durch eine bemerkenswerte landschaftliche Vielfalt aus. „Die Natur" – schreibt Alfred Polgar – „hat schöne Kulissen gestellt für die österreichische Szene, Teile der österreichischen Landschaft sind einzigartig in ihrer Mischung von lieblichen und großartigen Aspekten". Österreich steht eben „auf einer klar umrissenen Bühne, mit dem Flachland im Osten als Proszenium" und den Alpen als eine Art Rundhorizont. Sie beide sind das Bühnenbild dieses natürlichen Theaters.
Nicht anders verdeutlicht sich dies in der Musik. Die geheimnisvolle Anziehungskraft Wolfgang Amadeus Mozarts, Joseph Haydns und Franz Schuberts, die Unwiderstehlichkeit der Werke der Brüder Strauß, nicht zu vergessen die ihres Vaters, um wieder nur einige zu nennen – all dies fußt in der Tradition der Volksmusik Österreichs, ihrer Rhythmik,

cheerfulness and cosy malice that is said to be part of the Austrian and perhaps especially the Viennese make-up.
Naturally, one can fail to hear it all. Of course, one can hold tight to the image of lace doilies, Sachertorte and "Kiss your hand, madame", to the beautiful surface, the snobbery, the ignorance, the feeling of being at their mercy, the indolent complacency, the Mozartkugeln, the Vienna Boys' Choir and scandals about the Hofräte and, and . . . After all, these "services" also form part of the image of Austria. And, of course, not to forget, following an old Austrian tradition, that the manifestations of the spiritual and cultural elite of this country are generally only honoured when they have left Austria – which in turn gives the Austrians who remain behind a chance at least through their death to become aware of their nationality. Then for the saying of Helmut Qualtinger "One has an awareness of one's nationality when one is ashamed of one's nation" is there only one conclusion, that of undesired (self-)criticism?
When one looks at it closely the sugary version is as imprecise as the bitterly angry one. The theatre has many forms. The programme of the Great World Theatre is thus provided with a variety that it would not otherwise have and that cannot be found anywhere else: except in Austria.
This Austria, which I couldn't abide – somehow it has converted me, swallowed me up and made me addicted to being present.
Present when the Vienna Boys' Choir storm Schönbrunn on Lipizzans and bite a Mozartkugel wearing the Giant Ferris Wheel on their arms. When a starry heaven appears for the Queen of the Night in the Rocky Riding School in Salzburg. When the "theatre-routiniers" as some of the audience call themselves, are shaken with horror, because here the theatricality actually turns into drama, into a lovely theatre shocker, in which the form also means its content. To pass one of the countless Baroque sights when an organist is "practising" Mozart's Requiem – as far as one can tell, it will again be a sold-out hit in this year's programme.

distingue pas moins par un paysage remarquable. »La nature«, écrivit Alfred Polgar, »a monté de beaux décors sur la scène autrichienne, le mélange entre aspects champêtres et grandioses de certaines parties du paysage autrichien est unique en son genre«. L'Autriche se trouve sur »une scène nettement définie, la plaine à l'Est, représentant le proscenium«, et les Alpes formant un horizon panoramique. Tous les deux constituent la décoration scénique de ce théâtre naturel.
La même chose se retrouve dans la musique. L'attirance mystérieuse qu'exerce la musique de Wolfgang Amadeus Mozart, de Joseph Haydn et de Franz Schubert, la force irrésistible des œuvres des frères Strauss, sans oublier celles de leur père, pour n'en citer que quelques uns à nouveau, ont leur origine dans la tradition de la musique populaire autrichienne, dans son rythme, son harmonie et son profil mélodique. La musique populaire autrichienne, ce furent jadis le Ländler, danse folklorique styrienne, mais aussi la mazurka polonaise, le chant pastoral hongrois et le Kolo serbe, la Polka tchèque ou la musique de tympanon jouée dans les régions alpines. Un peu de tout cela se retrouve dans la musique viennoise des frères Schrammel. Son »immortalité« est due à son caractère multinational, qui sensibilise pratiquement toutes les nations de l'Europe centrale, mais aussi à son scepticisme et à sa résignation, pratiquement propres à toutes les couches sociales de l'empire des Habsbourg après l'époque Biedermeier, et qui s'expriment dans chaque mesure, dans chaque vers écrit par les frères Schrammel. Dans cette Heurigenmusik, ainsi nommée parce qu'elle était surtout jouée dans les guinguettes débitant le vin nouveau (Heuriger) dans les alentours de Vienne, et dans les paroles des chansons percent une gaieté mélancolique et une malveillance amène que l'on reproche à tous les Autrichiens, mais surtout aux Viennois. Mais on peut naturellement aussi faire semblant de ne pas entendre tout cela. On peut, sans aucun doute, s'accrocher à l'image des nappes en dentelle, de la tarte au chocolat de Sacher, du baisemain, des apparences, du snobisme, de l'ignorance, du sentiment

Un'ulteriore caratteristica di questo insolito paese è la presenza di paesaggi diversissimi. L'Austria la cui superfice è coperta per il 60 % dalle Alpi e in ciò supera addirittura la Svizzera, è caratterizzata ugualmente da un'estrema varietà del paesaggio. „La natura", scrive Alfred Polgar, „ha messo a disposizione uno sfondo molto bello per la scena austriaca, alcune parti del paesaggio austriaco sono uniche per la loro mescolanza di aspetti delicati e imponenti." L'Austria è posta dunque „su di un palcoscenico dai limiti ben definiti, le pianure a est sono il proscenio" e le Alpi sono una specie di orizzonte circolare. Esse rappresentano la scenografia di questo teatro naturale.
Ciò vale allo stesso modo anche per la musica. La misteriosa attrazione di Wolfgang Amadeus Mozart, di Joseph Haydn e di Franz Schubert, l'irresistibilità delle composizioni dei fratelli Strauss e di quelle del loro padre – per fare alcuni esempi – tutto ciò pioggia sulla tradizione della musica popolare austriaca, sul suo ritmo, sulla sua armonia e melodia. E per musica popolare austriaca si intendeva quella volta il ländler della Stiria come la mazurka polacca, la musica pastorale ungherese come il kolo della Serbia, la polka della Boemia come la „musica col tagliere" alpina. Troviamo qualcosa di tutto questo nella „Schrammelmusik" di Vienna la cui „immortalità" si basa sulla sua multinazionalità grazie alla quale riesce gradita a quasi tutte le nazioni mitteleuropee, e sullo scetticismo e sulla rassegnazione che, dopo il periodo Biedermeier, caratterizzavano quasi tutti i ceti del regno asburgico e che sono presenti in ogni battuta e in ogni verso dei fratelli Schrammel. E nella musica da „Heurige", quei locali tipici viennesi da vino, come anche nei testi di queste canzoni troviamo spesso quell'allegria velata di tristezza e quella cattiveria bonaria che sono tipiche per gli austriaci in generale e forse soprattutto per i viennesi.
Si potrebbe però anche far finta di non aver notato tutto ciò. Si potrebbe certamente aggrapparsi all'immagine dei centrini di pizzo, della torta Sacher, del „bacio la mano, gentile signora", questa forma di saluto

Harmonie und Melodik. Österreichische Volksmusik – damals war das eben der steirische Ländler genauso wie die polnische Mazurka, die ungarische Hirtenmusik wie der kroatische Kolo, die böhmische Polka oder die alpenländische Hackbrettmusik. Ein wenig von alledem findet sich auch wieder in der Wiener Schrammelmusik, deren „Unsterblichkeit" ebensosehr in ihrer Multinationalität besteht, durch die sie nahezu alle Nationen Mitteleuropas anspricht, wie in der Skepsis und – wiederum – Resignation, die nach dem Biedermeier nahezu allen Ständen des Habsburgerreiches eigen war und die in jedem Takt, in jeder Verszeile der Brüder Schrammel wahrnehmbar sind. In eben der Heurigenmusik selbst und in den Texten dieser Lieder kommen auch immer wieder jene tieftraurige Fröhlichkeit und gemütliche Bösartigkeit zum Ausdruck, die den Österreichern insgesamt, aber vielleicht speziell den Wienern nachgesagt wird.

Aber man kann das alles natürlich auch überhören. Man kann sich zweifelsohne am Image der Spitzendeckerln, Sachertorte und „Küss' die Hand, gnädige Frau", am schönen Schein, dem Snobismus, der Ignoranz, dem Gefühl des Ausgeliefertseins, der trägen Selbstgefälligkeit, den Mozartkugeln, den Sängerknaben und Skandalen mit den Hofräten und und ... festkrallen. Das Österreichbild wird ja nicht zuletzt eben durch diese Leistungen bestimmt. Dazu natürlich, nicht zu vergessen, wie es alter österreichischer Tradition entspricht, daran, daß die Manifestation der Geistes- und Kulturelite dieses Landes im allgemeinen erst dann eine Würdigung erfährt, wenn sie Österreich verlassen hat – was wiederum den Österreichern, die übrigbleiben, die Chance gibt, wenigstens durch den Tod auf ihre Nationalität aufmerksam zu machen. Dann bleibt für den Ausspruch Helmut Qualtingers, „Nationalbewußtsein hat man, wenn man sich für seine Nation schämt", auch nur der eine Schluß, nämlich unerwünschter (Selbst-)Kritik?
Bei gründlichem Hinschauen ist das Zuckersüße so ungenau wie das

In a coffee house where the expert "Ober" knows how to serve with professional pride, to be able to forget the cappuccino over a large "brown" and to watch the chess players. To split at the seams over the revelations, exposures and explanations in the desire for political honesty and sheer enjoyment of a thundering scandal. To enjoy the still powdery power snow rather than the "snows of yesteryear", although it is becoming lumpy and the lavines fall into the valleys more often than they used to do. To spend Tirolese evenings in the Styrian "Stube" with Schrammel music, boiled beef and lashings of green veltliner. Just to be present when the mixture of prudery and dissoluteness, morality and amorality has taken on a magic attraction for both performer and onlooker. Then with a sprightly step to cross the Graben at night, allegro con brio, and feel how it springs back with every pace.

Kiss your hand, madame.
Servus, Herr Hofrat.
Grüss Gott.

My Austria, everywhere a stage, everything play-acting.
And the curtain never falls.

d'être abandonné, d'une suffisance dolente, des bouchées au chocolat Mozart, des petits chanteurs et des scandales causés par les Hofrat, et, et . . . L'image de l'Autriche est en fin de compte déterminée aussi par ces »performances«. Naturellement, il ne faut pas oublier, conformément à la vieille tradition autrichienne, que l'élite scientifique et culturelle de ce pays n'est honorée que lorsqu'elle a quitté le pays, ce qui donne, de son côté, la chance aux Autrichiens qui restent d'attirer l'attention sur leur nationalité après leur mort. L'expression de Helmut Qualtinger »on prend conscience de sa nationalité quand on a honte de sa nation« n'autoriserait alors plus qu'une seule conclusion: (auto)critique non désirée?
En regardant de près, on constate que le mielleux est aussi imprécis que l'amère. Le théâtre a beaucoup de faces. Le grand théâtre du monde est ainsi doté d'un répertoire qu'il n'aurait pas autrement, et qui n'existe nulle part, sauf en Autriche.
Cette Autriche que je n'aimais pas m'a retourné, incorporé, inspiré une envie incoercible d'en faire partie.
D'en faire partie quand les petits chanteurs montés sur des Lipizzans prennent d'assaut Schönbrunn et, la Roue géante sous le bras, mordent dans une bouchée Mozart. Quand un ciel étoilé se lève pour la Reine de la Nuit dans la Felsenreitschule de Salzbourg. Quand »les routiniers du théâtre«, nom que se donnent certains spectateurs professionnels, sont saisis de frissons parce que le théâtralisme se mue en drame, en théâtre-choc dont la forme exprime les contenus. Passer devant un des innombrables monuments baroques au moment où un organiste est en train de »répéter« le requiem de Mozart, un hit de la saison qui sera très probablement joué à guichet fermé. Me rendre dans un café, où un garçon qualifié vous sert en affichant fièrement son professionnalisme, prendre un express avec une goutte de lait, en oubliant le Cappuccino, et regarder les joueurs d'échec. Savourer les divulgations, découvertes et informations à la recherche de la vérité et par pur plaisir du scandale. Me réjouir de la neige poudreuse – »d'antan« – toujours recouverte de poussière,

rivolta alle signore, alla bella apparenza, allo snobismo, all'ignoranza, alla sensazione di abbandono, all'indolente compiacimento, ai cioccolatini di Mozart, ai piccoli cantori, agli scandali con gli „Hofräte" ecc. . . . Non dimentichiamo che l'immagine dell'Austria dipende molto da queste caratteristiche. E poi non dimentichiamo che è un'antica tradizione austriaca apprezzare le manifestazioni dell'élite intellettuale e culturale di questo paese solo dopo che essa ha abbandonato il paese – cosa che dà agli austriaci che rimangono la possibilità di far notare la propria nazionalità almeno con la morte. A questo punto dall'affermazione di Helmut Qualtinger „Si dimostra coscienza nazionale se ci si vergogna per la propria nazione" si può trarre solo una deduzione e cioè quella della (auto)critica indesiderata? Se guardiamo attentamente vedremo che tutta questa dolcezza è vaga quanto tutta questa malignità. Teatro significa tante cose diverse. Il Grande Teatro Mondiale può dunque vantare un programma che non potrebbe esistere da nessun'altra parte e che esiste anche solamente in Austria.
E così in qualche modo quest'Austria che io non sopportavo proprio, mi ha girato, mi ha preso, mi ha reso smaniosa di partecipare.
Partecipare quando i cantori di Vienna a cavallo dei Lipizzani assaltano Schönbrunn e con la ruota gigante in braccio addentano un cioccolatino di Mozart. Quando a Salisburgo nella „Felsenreitschule" si arpe un cielo di stelle per la regina della notte. Quando i „routiniers del teatro", come si autodenominano alcuni spettatori di professione, rabbrividiscono perché qui la teatralità si trasforma veramente in dramma, in un bel „teatro del brivido" dove la forma corrisponde anche ai contenuti. Passare davanti ad una delle numerose bellezze barocche mentre all'interno un organista „si esercita" nel Requiem di Mozart – probabilmente anche quest'anno un pieno successo del programma. Dimenticare il cappuccino con un caffelatte viennese bevuto in un caffè, dove un cameriere provetto sa bene come servire la sua clientela, e guardare i giocatori di scacchi. Meravigliarsi per le rivelazioni ed i

Bitterböse. Theater ist eben vielerlei. Das Große Welttheater wird so mit einem Programmangebot ausgestattet, das es sonst nicht gäbe und auch nirgendwo anders gibt: ausgenommen in Österreich.
Dieses Österreich, das ich nicht habe leiden können – irgendwie hat es mich umgedreht, eingemeindet, süchtig gemacht nach Dabeisein.
Dabeisein, wenn die Sängerknaben auf Lipizzanern Schönbrunn stürmen und mit dem Riesenrad im Arm in eine Mozartkugel beißen. Wenn in Salzburg in der Felsenreitschule für die Königin der Nacht ein Sternenhimmel aufgeht. Wenn die „Theater-Routiniers“, wie sich einige Berufszuschauer selber titulieren, von Schauern geschüttelt werden, weil hier Theatralik wirklich zum Drama, zum schönen Theater-Schocker, in der die Form ihre Inhalte auch meint, wird. An einer der ungezählten barocken Sehenswürdigkeiten vorbeikommen, wenn drinnen gerade ein Organist Mozarts Requiem „übt“ – nach menschlichem Ermessen auch in diesem Jahr wieder ein ausverkaufter Renner im Programm. Im Kaffeehaus, wo noch ein gelernter Ober mit Berufsstolz aufzutischen weiß, über einem großen Braunen den Cappuccino vergessen und den Schachspielern zuschauen. Schlicht aus dem Leim gehen für die Enthüllungen, Aufdeckungen und Aufklärungen aus dem Wunsch nach politischer Wahrhaftigkeit und purer Lust am knalligen Skandal. Den noch immer staubigen Pulverschnee als – „Schnee von gestern“ genießen, obwohl er sich zusammenklumpt und häufiger denn einst als Lawine zu Tal kommt. In Steirischen Stuben Tiroler Abende mit Schrammelmusik, Tafelspitz und viel Grünem Veltliner verbringen. Eben dabeisein, wenn die Mischung Prüderie und Ausschweifung, Moralität und Amoral ein magischer Anziehungspunkt für Darsteller und Zuschauer wird. Des Nachts dann beschwingten Schrittes, allegro con brio, den Graben überqueren und spüren, wie er bei jedem Tritt zurückfedert.

Küss' die Hand, gnädige Frau.
Servus, Herr Hofrat.
Grüß Gott.

Mein Österreich – überall Bühne, alles Theater.
Und nie fällt der Vorhang.

devenue compacte et descendant plus souvent qu'autrefois dans la vallée sous forme d'avalanche. Passer mes soirées dans un »salon« styrien, en écoutant la musique des frères Schrammel et en dégustant un Tafelspitz accompagné de quelques verres de Grüner Veltliner. En faire partie tout simplement quand le mélange de pruderie et de débauche, de moralisme et d'amoralisme devient un point d'attraction magique pour les acteurs et les spectateurs. Puis, la nuit, enjamber le fossé d'un pas ailé, allegro con brio, et sentir ses rebonds à chaque pas.

Küss' die Hand, Madame.
Servus, Monsieur le Hofrat.
Grüss Gott.

Mon Autriche – une seule et grande scène, où tout est théâtre.
Mais le rideau ne tombe jamais.

chiarimenti dettati dal desiderio di veridicità politica e dalla sola voglia di scandali chiassosi. Godersi la neve polverosa come fosse „neve di ieri" anche se si raggruma e scende a valle sempre più spesso sotto forma di slavina. Passare serate tirolesi in ambienti stiriani, con Schrammelmusik, „Tafelspitz", questo tipico piatto viennese a base di carne di manzo lessa e tanto „Grüner Veltliner", un vino bianco tipico austriaco. Essere presenti quando la mescolanza di ritrosia e dissolutezza, di moralità e amoralità diviene un punto magico di attrazione per attori e spettatori. Percorrere di notte con passo leggero e veloce il Graben, allegro con brio, e sentire ad ogni passo il terreno mollegiato.

Bacio la mano, gentile Signora.
Servus[1], signor Hofrat.
Grüss Gott[2].

La mia Austria/tutto è palcoscenico, tutto è teatro.
E il sipario non cade mai.

[1] Servus: forma di saluto austriaca che equivale pressapoco al „ciao" italiano.
[2] Grüss Gott: forma di saluto usata nella lingua parlata che significa letteralmente „saluta Dio" (n. d. t.).

Bildtafeln

•

Plates

•

Photos

•

Tavole

7
Bogner-Gasse

DEMEL
(VIENNE)

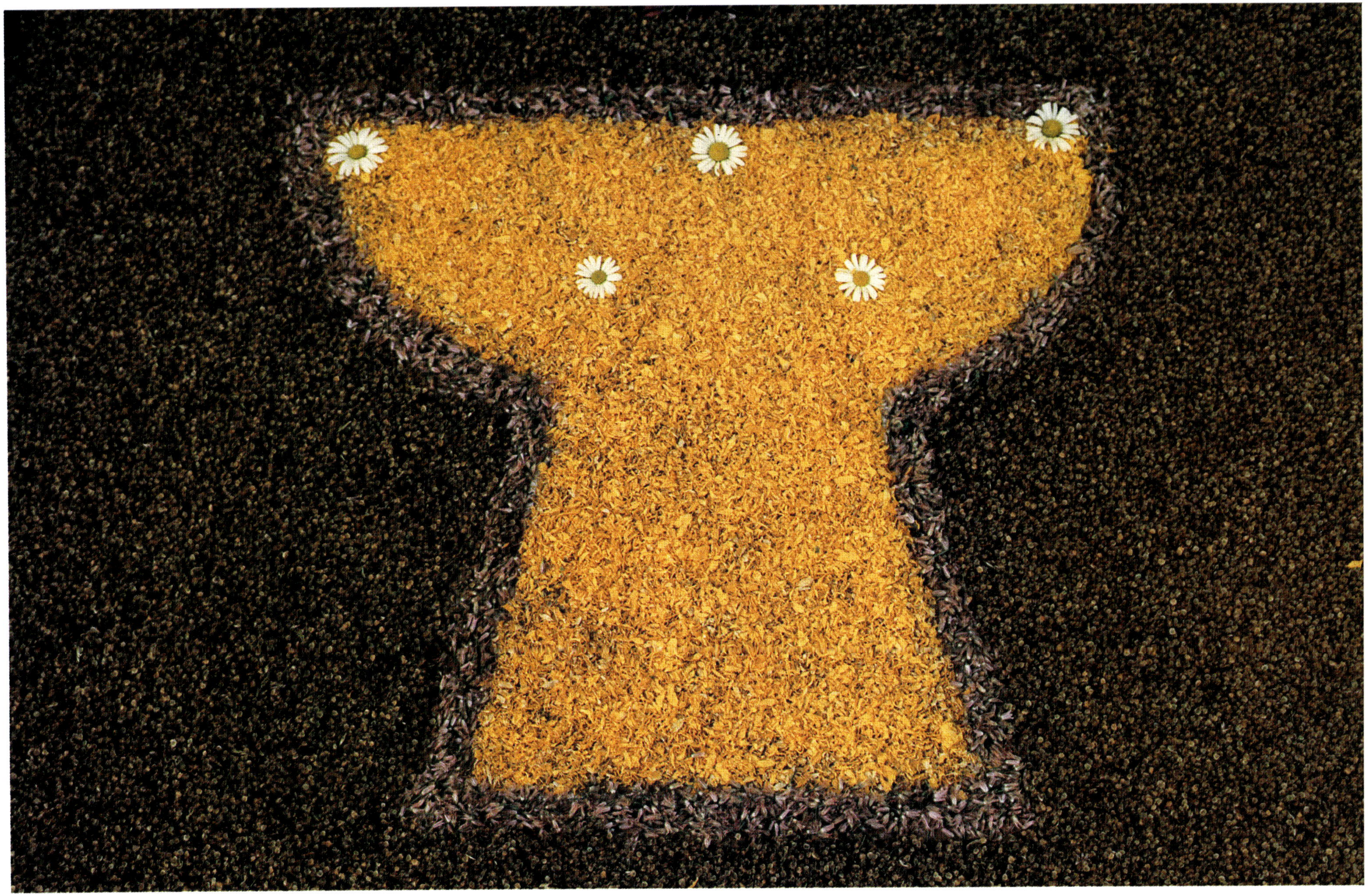

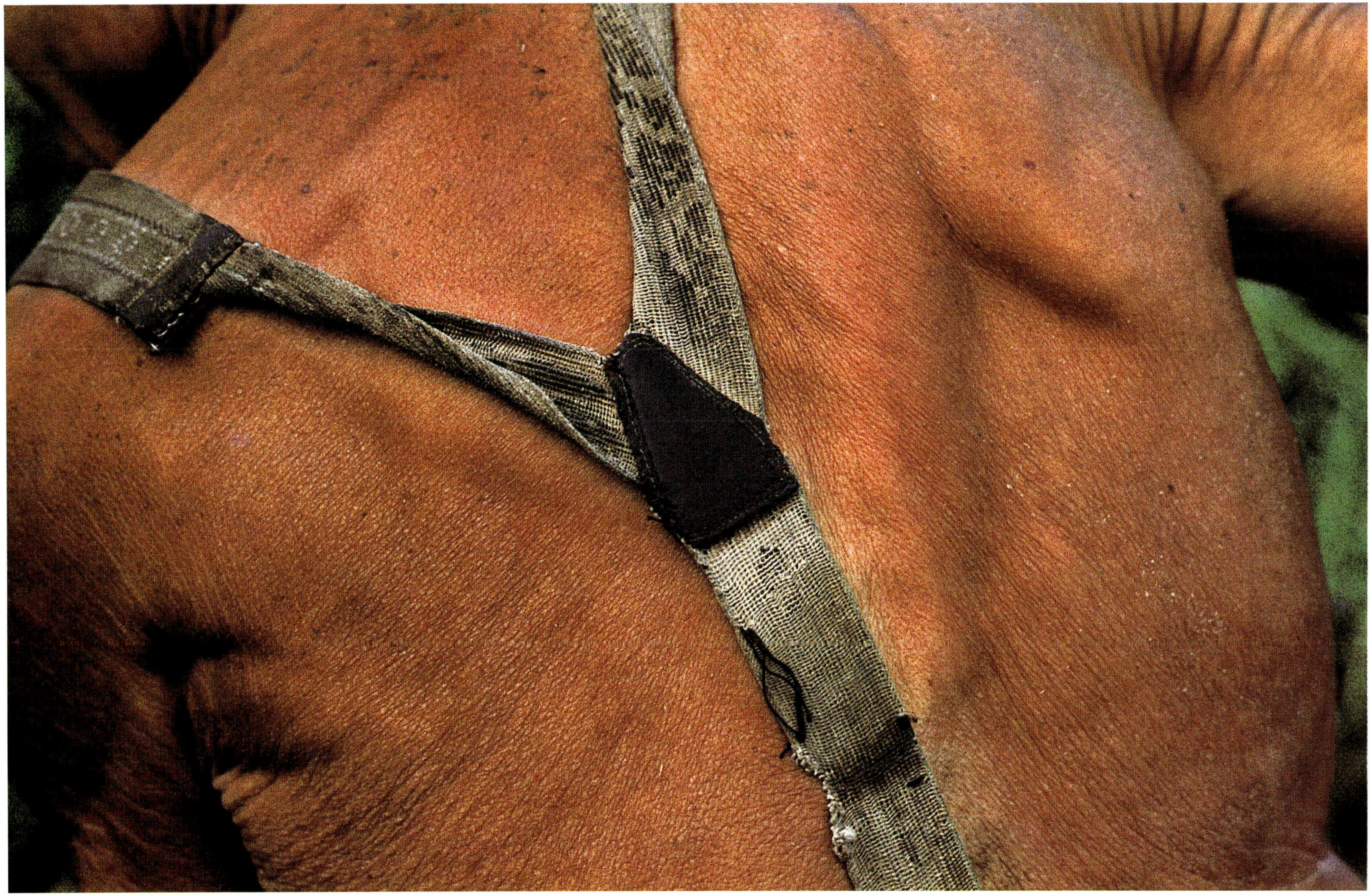

33

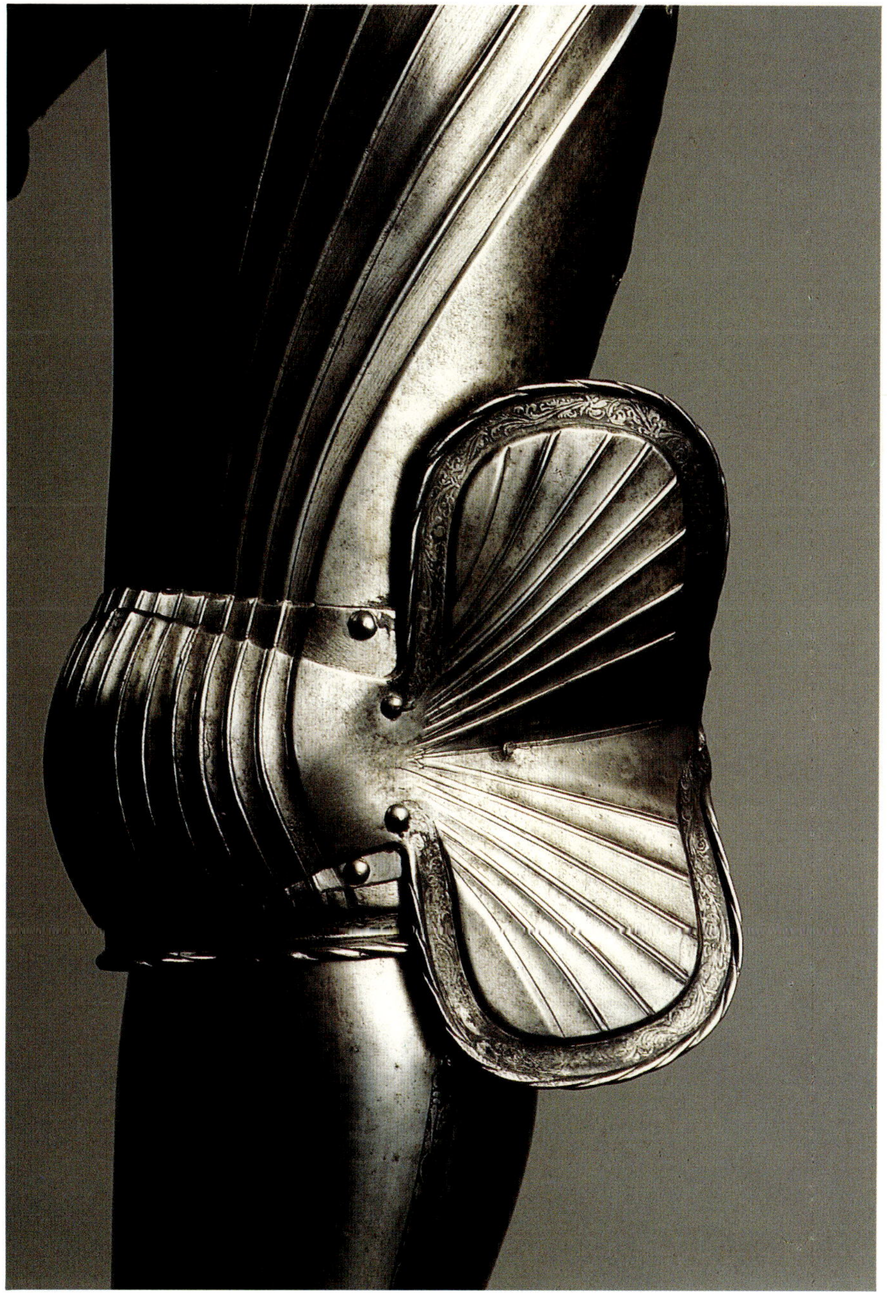

34

J MDCCCLVF

45 · 46

47

48

67

68

69

70

HOTEL ZUR POST

Zum Hirſchen

zur
heiligen
Jungfrau

1680
KONDITOREI
CAFE

Austria-Hütte

88

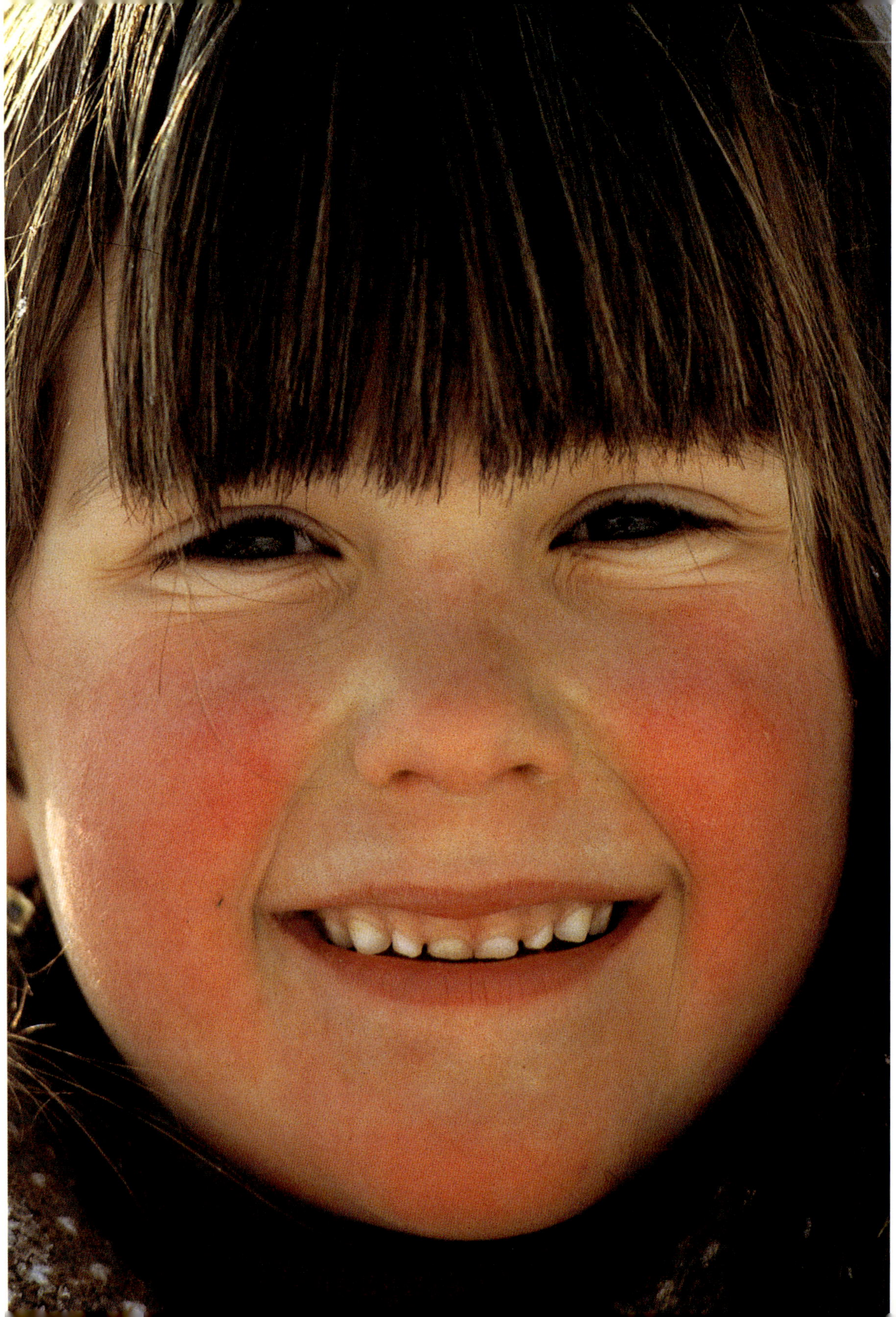

97

98

101  102

103

104

117  118

124

Servus in Österreich

Bildlegenden

Caption

Légende

Leggenda delle illustrazioni

Schutzumschlag:
Vorarlberg, Kleines Walsertal.
Die Walsertäler wurden im 13. und 14. Jahrhundert von Zuwanderern aus dem Kanton Wallis besiedelt; Kleines Walsertal, Zollausschlußgebiet, Zollverwaltung und Geld deutsch.

Minolta 9000, AF-Apo 2.8/200 mm.

Dust jacket:
Vorarlberg, Kleinwals Valley.
The Wals valleys were settled in the 13th and 14th centuries by immigrants from the Wallis Canton; Kleinwals Valley, Austrian territory under German Customs administration and using Federal German currency.

Jaquette:
Vorarlberg, Kleinwalsertal.
Les vallées de Walser ont été colonisées entre le 13e et le 14e siècle par des immigrants venant du Valais; la vallée de Kleinwalser est une enclave douanière: l'administration douanière et la monnaie sont allemandes.

Copertina:
Vorarlberg – Kleinwalsertal.
Popolazioni provenienti dal Canton Vallese incominciarono a insediarsi nelle vallate Vallesi intorno al 13° e al 14° secolo. Il Kleinwalsertal è una zona franca, e l'amministrazione dei dazi e delle dogane e la valuta sono tedesche.

Schutzumschlag:
Wien, Karlskirche, Detail Reichsadler.
Erbaut unter Kaiser Karl VI. durch Johann Bernhard Fischer von Erlach, von 1716 bis zu seinem Tod 1723; vollendet 1737 von seinem Sohn Joseph Emanuel; dem Pestpatron Karl Borromäus gelobt.

Minolta 9000, AF-Apo 4.0/600 mm.

Dust jacket:
Vienna, St. Charles' Church,
detail – Imperial eagle.
Built under Emperor Charles VI by Johann Bernhard Fischer von Erlach from 1716 till his death in 1723; completed in 1737 by his son Joseph Emanuel; dedicated to the Plague Patron Charles Borromaeus.

Jaquette:
Vienne, Karlskirche,
détail de l'aigle impérial.
L'église Saint-Charles a été construite par Johann Bernhard Fischer von Erlach de 1716 jusqu'à sa mort en 1723; elle a été achevée par son fils Joseph Emanuel en 1737. L'empereur Charles VI consacra ce sanctuaire à la gloire de saint Charles Borromée.

Copertina:
Vienna – Chiesa di San Carlo,
primo piano dell'aquila imperiale.
Costruita sotto l'imperatore Carlo VI e progettata da Johann Bernhard Fischer von Erlach, dal 1716 fino alla propria morte, avvenuta nel 1723; portata a termine dal figlio, Joseph Emanuel, nel 1737; dedicata al patrone dei morti di peste, San Carlo Borromeo.

1 Wien, Parlament,
Detail geflügelte Siegesgöttin des Pallas-Athene-Brunnens von Karl Kundmann, mit Rossebändiger.
Das Parlament selbst wurde 1873–1883 nach Plänen von Theophil Hansen erbaut.

Minolta 9000, AF-Apo 4.0/600 mm.

Vienna, Parliament, detail – Winged Victory Goddess Pallas Athene fountains by Karl Kundmann, with horse trainers.
The Parliament was built in 1873–1883 to plans by Theophil Hansen.

Vienne, Parlement, détail de la fontaine de Pallas Athéna, la déesse ailée de la victoire, de Karl Kundmann, flanquée du dompteur de chevaux.
Le Parlement a été construit de 1873 à 1883 d'après les plans de Theophil Hansen.

Vienna – Parlamento; un primo piano della fontana di Pallade Atena che rappresenta la dea alata della vittoria con domatore di cavalli, opera di Karl Kundmann.
Il Parlamento fu eretto negli anni 1873–1883 secondo i progetti di Teofilo Hansen.

2 Steiermark, Bauer im „Steirer".
Ein aus der „Tracht", was ursprünglich soviel bedeutete wie „das, was man trägt", abgeleitetes Kleidungsstück, ist der „Steireranzug"; in vielen Variationsformen weit verbreitet.

Minolta 7000, AF-Apo 2.8/200 mm.

Styria, farmer in "Steirer".
This costume, derived from the national dress "Tracht", which originally meant "what one wears", is the "Styrian suit". Its many variations are met with over a wide area.

Styrie. Paysan en costume folklorique. »Costume traditionnel de la Styrie« très porté. Il existe en différents modèles.

Stiria – Contadino che veste il costume tradizionale stiriano,
il cosiddetto „Steirer".
Lo „Steirer" è un capo di vestiario che trae le proprie origini dai costumi tradizionali. Erano questi originariamente i vestiti „che si dovevano portare"; è molto usato ed esiste in tante forme e versioni diverse.

3

Vorarlberg, Silvretta-Gletscher.
Die Silvretta-Gruppe, ein vergletscherter Zentralalpenstock, an der Grenze zu Tirol; vor allem durch die 1954 eröffnete Silvretta-Hochalpenstraße touristisch erschlossen.

Minolta 9000, AF-Apo 2.8/200 mm.

Vorarlberg, Silvretta Glacier.
The Silvretta Group, a Central Alpine block, on the border to the Tirol; principally opened to tourism by the construction of the Silvretta Alpine road in 1954.

Vorarlberg, glacier des Alpes Silvretta.
Le groupe des Alpes Silvretta, un massif glaciaire à la frontière du Tyrol, a été ouvert au tourisme par la route Silvretta inaugurée en 1954.

Vorarlberg –
Il ghiacciaio della Silvretta.
Il gruppo della Silvretta, un massiccio delle Alpi centrali con ghiacciaio, situato al confine con il Tirolo; attrazione turistica conosciuta soprattutto per via della Silvretta Hochalpenstrasse, „strada di alta montagna", inaugurata nel 1954.

4

Steiermark, „Hartberger Land" –
„die Steiermark im kleinen".
Das Wechselmassiv (1740 m), das Jogelland mit dem Masenberg (1270 m), der Rabenwald und das oststeirische Hügelland (280 m) geben diese Vielfalt.

Minolta Dynax 7000i, AF 2.8/200 mm.

Styria, "Hartberger Land" –
"Styria in miniature".
The Wechsel Massif (1740 m), Jogelland with the Masenberg (1270 m), Rabenwald (Raven Wood) and the East-Styrian hills (280 m) provide its variety.

Styrie, la »région de Hartberg« –
»la Styrie en miniature«.
Le massif du Wechsel (1740 m), le Jogelland avec le Masenberg (1270 m), la Rabenwald et les collines de l'Est de la Styrie (280 m) lui confèrent cet aspect varié.

Stiria – La regione „Hartberger Land"
– la Stiria „in miniatura".
Grande varietà paesaggistica dovuta al massiccio del Wechsel (1740 m), alla zona dello Jogelland con il Masenberg (1270 m), al „bosco dei corvi" e alla zona collinosa nella Stiria orientale (280 m).

5

Oberösterreich, Welser Heide.
Bei einem Vergleich der Bundesländer zeigt Oberösterreich den höchsten Wiesenanteil in Österreich (22 %); zuweilen werden hier auch Hühner im Freiland gehalten.

Minolta 9000, AF-Apo 2.8/300 mm.

Upper Austria, Wels Heath.
Upper Austria has the highest proportion (22 %) of pasture land of all the Austrian Federal Provinces, which has led to the widespread rearing of free-range chickens.

Haute-Autriche, la lande de Wels.
Une comparaison avec les autres Etats fédéraux montre que la Haute-Autriche possède la plus grande proportion de près (22 %), ce qui a conduit à un important élevage avicole en plein air.

Austria Superiore – La brughiera di Wels.
Paragonata alle altre regioni federali, l'Austria Superiore presenta la maggiore percentuale di prati di tutto il paese (22 %), un fatto che comporta estesi allevamenti di pollame in campo aperto.

6

Kärnten, Gailtal, Rattendorf.
Trotz der weitgehenden Mechanisierung der Landwirtschaft – bei Landmaschinenzählung 1982 326.000 zweiachsige Traktoren (1962: 148.000) – ist das Pferd für den Gebirgsbauern geländebedingt oft die einzige Hilfe.

Minolta 9000, AF-Macro 2.8/100 mm.

Carinthia, Gail Valley, Rattendorf.
Despite the extensive mechanization of agriculture – the 1982 census of agricultural machinery counted 326,000 two-axled tractors (148,000 in 1962) – the horse is often the only means available to the mountain farmer because of the terrain.

Carinthie, vallée de la Gail, Rattendorf.
Malgré l'intense mécanisation de l'agriculture – 326.000 tracteurs à deux essieux en 1982 (148.000 en 1962) – le cheval reste souvent, en raison du terrain, la dernière ressource du paysan de montagne.

Carinzia – La Valle del Gail, Rattendorf.
Nonostante la estesa meccanizzazione dell'agricoltura – dal censimento del 1982 risultano ben 326.000 trattori a due assi, in confronto ai 148.000 del 1962 – a causa della configurazione del terreno, il cavallo rimane spesso l'unico aiuto per il contadino che lavora in alta montagna.

7 Kärnten, Gailtal, St. Daniel.
Der Blumenstrauß, selbstverständlich vom Garten vorm Haus, sollte später die Pfarrkirche schmücken – einem alten Brauch folgend sorgen alle Frauen gemeinsam für deren frischen Blumenschmuck.

Minolta 9000, AF-Macro 2.8/100 mm.

Carinthia, Gail Valley, St. Daniel.
The bunch of flowers, naturally from the front garden, is destined to decorate the church – according to ancient custom all the women join together in providing it with fresh flowers.

Carinthie, vallée de la Gail, St. Daniel.
Le bouquet de fleurs, cueilli naturellement dans le jardin devant la maison, ornera plus tard l'église paroissiale – selon une vieille coutume, les femmes décorent l'église de fleurs fraîches.

Carinzia – Valle del Gail, St. Daniel.
Il mazzo di fiori, naturalmente raccolto nel giardino di fronte alla casa, è destinato a decorare la chiesa parrocchiale. Secondo una vecchia tradizione tutte le donne provvedono alla decorazione della chiesa con fiori freschi.

8 Vorarlberg, Bregenzerwälderhaus.
Typisch für diese kunstvolle Holzbauweise ist die breit ausladende Giebelfront mit den eng „gekoppelten" Fenstern, dahinter Vorhänge mit handgeklöppelten „Wälderspitzen" verziert.

Minolta 9000, AF-Apo 2.8/300 mm.

Vorarlberg,
house in the Bregenz Forest.
The wide sweep of the front gables with their closely "coupled" windows and curtains decorated with hand-made "wood" lace are typical of this intricate style of wood construction.

Vorarlberg, Bregenzerwälderhaus.
Le large pignon et les fenêtres étroitement »accouplées« sont typiques de ces belles maisons en bois. Derrière les fenêtres des rideaux en dentelles faites à la main.

Vorarlberg –
Una casa tipica del bosco di Bregenz.
E' caratteristico per questo tipo di costruzione artistica in legno il largo frontone sporgente, dalle tipiche finestre „accoppiate", decorate con le tendine dai famosi „merletti del bosco" lavorati a mano al tombolo.

9 Vorarlberg, Bregenzerwälderin in der traditionellen Tracht der verheirateten Frau (Jungmädchen ist weiß vorbehalten) mit Otterfellkappe.

Minolta Dynax 7000i, AF-Apo 2.8/200 mm.

Vorarlberg, traditional costume of the married woman from the Bregenz Forest (white is reserved for unmarried girls) with otterskin cap.

Vorarlberg, femme mariée de la région du Bregenzerwald (forêt de Bregenz) dans sa magnifique robe traditionnelle, coiffée d'une toque en fourrure de loutre (le »blanc« est réservé aux jeunes filles).

Vorarlberg – Una signora della zona del bosco di Bregenz col vestito tradizionale della donna sposata (il vestito „bianco" è riservato alle ragazze giovani) con la cuffia di pelliccia di lontra.

10 Wien, Bognergasse,
Fassadendetail der Engelapotheke.
Die betonte, fast dreidimensionale Ornamentik selbst auf Gebrauchsbauten ist kennzeichnend für die Wiener Jugendstilarchitektur.

Minolta 9000, AF-Apo 2.8/200 mm.

Vienna, Bognergasse, detail of the façade of the Engelapotheke.
This pronounced, almost three-dimensional decoration of even practical buildings is typical of Viennese Jugendstil architecture.

Vienne, Bognergasse, détail de la façade de la pharmacie Engelapotheke.
L'ornementation presque tridimensionnelle qui se retrouve même sur des »immeubles utilitaires« caractérise l'architecture modern style de Vienne.

Vienna – Bognergasse. Dettaglio della facciata della farmacia degli angeli.
Gli ornamenti accentuati, quasi tridimensionali, applicati anche su edifici funzionali, sono caratteristici per l'architettura del liberty a Vienna.

Wien, k. k. Hofzuckerbäckerei Ch. Demel's Söhne.
Stets ziert ein neues aus Zucker und Marzipan modelliertes „Kunstwerk" die Auslage dieses traditionellen Kaffeehauses; bereits 1776 gegründet.

Minolta 9000, AF-Macro 2.8/50 mm.

Vienna, Ch. Demel's Söhne k. k. Hofzuckerbäckerei (Ch. Demel's sons royal and imperial court pastry-cooks).
The windows of this traditional coffee house are always decorated with new "art works" in sugar and marzipan. The house was founded in 1776.

Vienne, confiserie de la cour royale-impériale Ch. Demel.
Une pièce montée faite de sucre et de massepain orne toujours la vitrine de ce café traditionnel fondé en 1776.

Vienna – „Il pasticciere imperial-regio di corte", i figli di Ch. Demel. 11
La vetrina di questo caffè tradizionale è sempre decorata con un nuovo pezzo d'arte modellato di zucchero e marzapane. Il caffè fu fondato nel 1776.

Wien, Stephansdom; der „Steffel" (Südturm), das 137 m hohe Wahrzeichen von Wien.
1359 begonnen, 1433 durch Hans von Prachatitz vollendet.

Minolta 9000, AF-Zoom 75–300 mm.

Vienna, St. Stephen's Cathedral, the "Steffel" (South tower), the 137 m high symbol of Vienna.
Begun in 1359 and completed in 1433 by Hans von Prachatitz.

Vienne, cathédrale Saint-Etienne (tour sud). L'emblème de Vienne haut de 137 m.
La construction fut commencée en 1359 et terminée en 1433 par Hans von Prachatitz.

Vienna – Il Duomo di Santo Stefano, la torre meridionale, il cosiddetto „Stefanino", l'emblema per eccellenza di Vienna. 12
La torre ha un'altezza di 137 m e la si cominciò a costruire nel 1359. Fu portata a termine nel 1433 da Hans von Prachatitz.

Wien, Stephansdom, Detail Westfassade mit Heidentürmen.
Romanischer und ältester Teil des Doms, 1263 geweiht.

Minolta 9000, AF-Apo 4.0/600 mm.

Vienna, St. Stephen's, detail – West façade with Heathen's Tower.
Oldest part of the cathedral, dating from the Romanesque period.

Vienne, cathédrale Sainte-Etienne, détail de la façade ouest avec les tours des païens.
Partie la plus ancienne de la cathédrale en style romain, consacrée en 1263.

Vienna – Il Duomo di Santo Stefano, dettaglio della facciata occidentale con le torri dei pagani. 13
E' questa la parte più antica del Duomo, in stile romanico. Fu consacrata nel 1263.

Osttirol, Gwabl, Kapelle, naive Mariendarstellung; mit Hortensienblumenschmuck davor.

Minolta 9000, AF-Macro 2.8/100 mm.

East Tirol, Gwabl, chapel.
Naive portrayal of the Virgin, with offering of hortensias.

Tyrol oriental, Gwabl, chapelle, peinture naïve de la Vierge avec un bouquet d'hortensias.

Tirolo Orientale – Gwabl, cappella, rappresentazione naïv di Maria, decorata con ortensie. 14

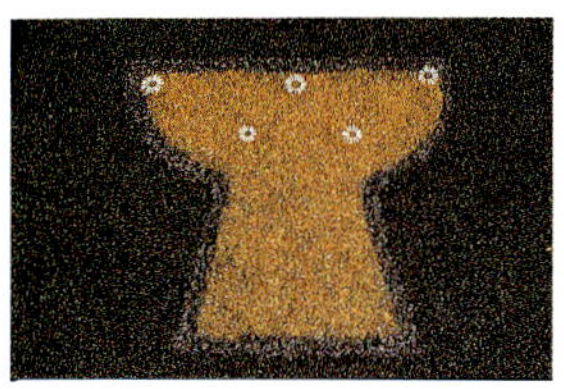

Steiermark, Deutschlandsberg, Blumenmosaik für das Fronleichnamsfest.
Der Brauch der weststeirischen Fronleichnamsmosaike (aus frischen Blumenblättern, Gräsern) ist mehr als 200 Jahre alt.

Minolta 7000, AF-Macro 2.8/50 mm.

Styria, Deutschlandsberg, flower mosaic for the Corpus Christi procession.
The West-Styrian custom of making mosaics of fresh flower leaves and grasses for Corpus Christi is more than 200 years old.

Styrie, Deutschlandsberg, mosaïque en fleurs pour la Fête-Dieu.
La coutume des mosaïques en fleurs (feuilles de fleurs et herbes fraîches) pour la procession de la Fête-Dieu remonte à plus de 200 ans.

Stiria – Deutschlandsberg. Mosaico di fiori per la festa del Corpus Domini. 15
Già da più di 200 anni nella Stiria occidentale esiste questa usanza dei mosaici di Corpus Domini, modellati utilizzando petali freschi e erbe.

16
17

Vorarlberg, Hörbranz, Schützenkompanie beim Fronleichnamsfest.
Sie besteht aus 81 Mann, darunter 4 Tamboure; die Schützen spielten in der Landesverteidigung zum Schutz der Bürger eine große Rolle, heute ist ihnen im wesentlichen der Schutz des Allerheiligsten bei der Fronleichnamsprozession verblieben.

16 Minolta 7000, AF-Apo 2.8/200 mm,
17 Minolta 7000, AF 2.8/24 mm.

Vorarlberg, Hörbranz, Corpus Christi Schützen company.
Consisting of 81 men, including 4 drummers, the Schützen played an important role in protecting the civil population. Nowadays this has been essentially reduced to protecting the Sacrament in the Corpus Christi procession.

Vorarlberg, Hörbranz, procession de la Fête-Dieu, compagnie de tireurs.
Elle compte 81 hommes, dont 4 tambours; les tireurs ont joué un grand rôle dans la défense du pays en protégeant les habitants, aujourd'hui ils veillent surtout au sanctuaire dans les processions de la Fête-Dieu.

Vorarlberg – Hörbranz, festa del Corpus Domini della Compagnia di Tiro a Segno.
La compagnia consiste di 81 uomini, fra cui 4 tamburi. Gli „Schützen" – ossia „tiratori" – avevano un ruolo importante nella difesa nazionale per la protezione dei cittadini. Oggi è rimasto loro come compito essenziale la protezione del Santissimo durante la processione di Corpus Domini.

18
19

Steiermark, Naturpark Pöllauertal, Bauer bei der Heuarbeit.
Schon im Mittelalter stand hierfür die Sense in Verwendung; fast 1 Million ha sind in Österreich Wiesen, davon können drei Viertel mehrmals gemäht werden. Heu ist für die Winterfütterung in der alpinen Landwirtschaft unerläßlich; nach der zweiten Mahd dienen die Wiesen zumeist als Weide.

Minolta XM, Minolta MC 1.7/85 mm.

Styria, Pöllau Valley Nature Reserve, haymaking.
The scythe has been used in Austria since the Middle Ages. There are almost one million hectares of meadow in Austria, three quarters of which can be mown several times a year. Hay is indispensible for winter feeding in Alpine agriculture; after the second cutting the meadows are mostly used as pastures.

Styrie, parc naturel régional Pöllauertal.
Paysan en train de faire les foins. La faucille était déjà employée au moyenâge; les près couvrent en Autriche une surface de près de 1 million d'hectares dont les trois quarts peuvent être fauchés plusieurs fois par an. Le foin est le fourrage d'hiver indispensable dans l'agriculture alpine; après le deuxième fauchage les près servent généralement de pâturages.

Stiria – Parco nazionale Pöllauertal.
Contadino che lavora il fieno.
Già nel medioevo si utilizzava a questo scopo la falce: quasi 1 milione di ettari della superficie austriaca consistono di prati di cui tre quarti possono essere falciati più volte. Il fieno è un fattore indispensabile dell'agricoltura alpina per il foraggiamento invernale: dopo la seconda falciatura i prati per lo più vengono sfruttati come pascoli.

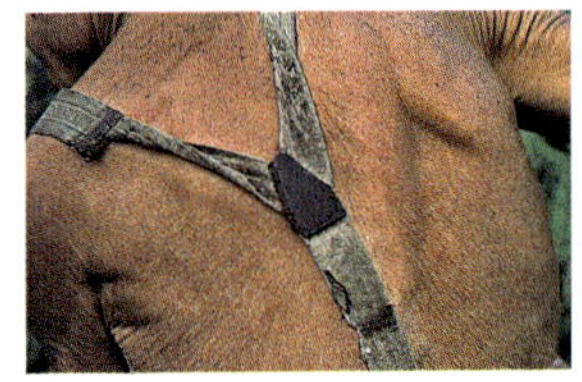

20

Tirol, Außervillgraten.
Heilige, Marien- oder Christusdarstellungen dienten oft dem Schmuck und Schutz der Tiroler Bauernhäuser.

Minolta 9000, AF-Macro 2.8/100 mm.

Tirol, Ausservillgraten.
Tirolese farmhouses were often decorated and under the protection of pictures of saints, the Virgin or Christ.

Tyrol, Ausservillgraten.
La représentation de Saints, de la Vierge ou du Christ servait souvent à la décoration et à la »protection« des fermes tyroliennes.

Tirolo – Ausservillgraten.
Rappresentazioni di santi, di Maria o Cristo che servivano spesso come decorazione e „protezione" delle case dei contadini tirolesi.

21

Kärnten, Gailtal, Tredorfer Alm.
Nach der Mahd geht es ans Trocknen, Wenden und Sammeln des Heus, dazu dienen diese in langen Reihen aufgestellten Trockengerüste.

Minolta 9000, AF-Apo 2.8/200 mm.

Carinthia, Gail Valley, Tredorf Alm.
After it has been mown the hay must be dried, turned over and collected by means of these drying racks set up in long rows.

Carinthie, vallée de la Gail, alpage de Tredorf.
Après le fauchage, il s'agit de sécher, de retourner et de rentrer le foin. On se servait, à cet effet, de ces séchoirs montés en longues rangées.

Carinzia – Valle del Gail, pascolo di Tredorf.
Dopo la mietitura il fieno deve asciugare, dev'essere rivolto e raccolto. Per far ciò si utilizzano le impalcature di legno disposte su lunghe file.

22

Tirol, Stams, Zisterzienserstift.
Der Westtrakt mit den zwei Türmen, dem Wahrzeichen von Stams, wurde im 17. Jahrhundert nach den Plänen des Innsbrucker Hofbaumeisters J. Gumpp ausgeführt.

Minolta 9000, AF-Apo 4.0/600 mm.

Tirol, Stams, Cistercian monastery.
The West tract with its two towers, the landmark of Stams, was carried out in the 17th century to the plans of the Innsbruck Court Architect J. Gumpp.

Tyrol, Stams, couvent cistercien.
L'aile ouest avec les deux tours, l'emblème de Stams, a été construite au 17e siècle d'après les plans de J. Gumpp d'Innsbruck, architecte de la cour.

Tirolo – Stams, convento di cistercensi.
La parte occidentale con le due torri, emblema della cittadina di Stams, fu costruita nel' 600 secondo progetti di J. Gumpp, architetto della corte di Innsbruck.

23

Tirol, Stams, Treppenhaus, Deckenfresko von Franz Michael Hueber und Georg Zoller.
Das Geländer, ein Meisterwerk der Schmiedekunst, stammt von Bernhard Bachnetzer aus dem nahen Silz.

Minolta 9000, AF 2.8/24 mm.

Tirol, Stams, stairway, ceiling fresco by Franz Michael Hueber and Georg Zoller.
The railing, a masterpiece of smithy work, was made by Bernhard Bachnetzer from Silz nearby.

Tyrol, Stams, cage d'escalier, fresque de plafond de Franz Michael Hueber et de Georg Zoller.
La rampe, un chef d'œuvre en fer forgé, est due à Bernhard Bachnetzer originaire de la localité de Silz située à proximité immédiate.

Tirolo – Stams, scalinata. Affresco sul soffitto realizzato da Franz Michael Hueber e da Georg Zoller.
La ringhiera, un capolavoro dell'arte di ferro battuto, è opera di Bernhard Bachnetzer, artista di Silz, un paesino situato nei dintorni di Stams.

24

Tirol, Innsbruck, Prunkerker mit dem Goldenen Dachl, von Nikolaus Türing ausgeführt.
Entstand gegen Ende des 15. Jahrhunderts unter Maximilian I. als Zuschauerloge des Hofs bei öffentlichen Spielen auf dem Marktplatz.

Minolta 9000, AF-Apo 2.8/300 mm.

Tirol, Innsbruck, decorated oriel window with golden roof (the "Goldenes Dachl") provided by Nikolaus Türing.
Constructed towards the end of the 15th century under Maximilian I as Court box for the public games on the Market Square.

Tyrol, Innsbruck, galérie d'apparat avec balustrade et Goldene Dachl (petit toit doré) réalisés par Nikolaus Türing.
Construit vers la fin du 15e siècle sous Maximilie I et servant de loge où la cour prenait place pour assister aux jeux publics donnés sur la place du marché.

Tirolo – Innsbruck, sfarzoso sporto con il tettuccio d'oro realizzato da Nikolaus Türing.
Fu costruito verso la fine del '400 sotto Massimiliano I, ed era il palco della Corte che assisteva ai giochi pubblici organizzati sulla piazza del mercato.

25 Tirol, Innsbruck, Helbinghaus.
Das ursprünglich spätgotische Eckhaus erhielt kurz nach 1725 an allen vier Obergeschossen eine vielfältige Stuckverkleidung (vermutlich von A. Gigl).

Minolta 9000, AF-Apo 2.8/200 mm.

Tirol, Innsbruck, Helbing House.
All four stories of this originally late-Gothic corner house were richly decorated with stucco (presumably by A. Gigl) shortly after 1725.

Tyrol, Innsbruck, Helbinghaus.
Maison d'angle, à l'origine en style gothique tardif; les quatre étages supérieurs reçurent peu après 1725 des décorations variées en stuc (dues probablement à A. Gigl).

Tirolo – Innsbruck, edificio Helbinghaus.
Questa casa angolare, costruita originariamente in stile tardo gotico, fu decorata intorno al 1725 con stucchi su tutti i quattro piani (presumibilmente da A. Gigl).

26 Salzburg, Panorama.
Kirchenkuppeln und Türme bestimmen weitgehend die Silhouette der alten fürsterzbischöflichen Haupt- und Residenzstadt; weltberühmt ist die Mozart-Stadt durch ihre Festspiele.

Minolta Dynax 7000i, AF-Apo 2.8/200 mm.

Salzburg, panorama.
The silhouette of the former Prince-Archbishop's Residence and Seat is dominated to a great extent by church domes and towers. The "Mozart city" has become world famous for its Festival.

Salzbourg, vue panoramique.
Les coupoles des églises et les tours marquent la silhouette de la capitale et ancienne résidence des princes-archevêques. La ville de Mozart est célèbre pour son festival.

Salisburgo – Panorama.
Cupole di chiese e torri contraddistinguono essenzialmente la siluetta dell'antica capitale arcivescovile e città di residenza; i festival della città mozartiana sono conosciuti in tutto il mondo.

27 Salzburg, Hellbrunn.
Bedeutendes Beispiel einer in ihrer Ursprünglichkeit weitgehend erhaltenen Lustschloßanlage des ausgehenden Manierismus nördlich der Alpen.

Minolta 9000, AF-Apo 2.8/200 mm.

Salzburg, Hellbrunn.
Preserved for the greater part in its original form, this summer residence is an important example of Late Mannerism North of the Alps.

Salzbourg, Hellbrunn.
Important exemple d'un château de plaisance de la fin du maniérisme au nord des Alpes.

Salisburgo – Hellbrunn.
Importante esempio di una dimora estiva del tardo manierismo, tipico per la zona a nord delle Alpi. E' questo un impianto conservato quasi completamente con tutta la sua originalità.

28 Wien, St. Marxer Friedhof.
Neben vielen anderen wurde hier Wolfgang Amadeus Mozart nach seinem Tode 1791 in einem Armengrab beigesetzt.

Minolta 9000, AF-Apo 2.8/300 mm.

Vienna, St. Marx Cemetery.
Along with many others, Wolfgang Amadeus Mozart was buried here in 1791 in a pauper's grave.

Vienne, cimetière de Saint-Marx.
Wolfgang Amadeus Mozart y fut enterré, à côté de beaucoup d'autres, dans une fosse commune en 1791.

Vienna – cimitero di St. Marx.
Qui fu sepolto nel 1791 Wolfgang Amadeus Mozart, in una fossa comune, insieme a tante altre persone.

29 Burgenland, Eisenstadt, jüdischer Friedhof.
Bis 1938 bestand in Eisenstadt-Unterberg eine selbständige jüdische Gemeinde; Namen wie Samson Wertheimer oder Sandor Wolf sind eng mit ihr verknüpft.

Minolta 9000, AF-Macro 2.8/100 mm.

Burgenland, Eisenstadt, Jewish cemetery.
Until 1938 there was an independent Jewish community in Eisenstadt-Unterberg and names like Samson Wertheimer or Sandor Wolf are intimately connected with it.

Burgenland, Eisenstadt, cimetière juif.
Une commune juive autonome existait à Eisenstadt-Unterberg jusqu'en 1938; les noms de Samson Wertheimer ou de Sandor Wolf sont étroitement liés à cette commune.

Burgenland – Eisenstadt, cimitero ebreo.
Fino al 1938 a Eisenstadt-Unterberg esisteva una comunità autonoma ebrea; vi è una relazione diretta con nomi come Samson Wertheimer o Sandor Wolf.

Kärnten, Klagenfurt, Wappensaal im Landhaus.
Deckengemälde von J. F. Fromiller, an den Wänden und Fensterlaibungen 665 gemalte Wappen geistlicher und weltlicher Kärntner Ständevertreter.

Minolta 9000, AF 2.8/24 mm.

Carinthia, Klagenfurt, Heraldic Room in the Provincial Hall.
Painted ceiling by J. F. Fromiller, 665 coats of arms of Carinthian clergy and profane representatives on the walls and window jambs.

Carinthie, Klagenfurt, grande salle des armoiries dans le palais de la Diète (Landhaus).
Fresques de plafond de J. F. Fromiller, 665 armoiries de représentants spirituels et temporels de la Carinthie sont représentées sur les murs et embrasements.

Carinzia – Klagenfurt, salone degli stemmi nella Landhaus, sede del governo.
Affreschi sul soffitto di J. F. Fromiller, alle pareti e intorno alle finestre dipinti di 665 stemmi di rappresentanti delle corporazioni ecclesiastiche e temporali della Carinzia. 30

Salzburg, Schloß Mirabell.
Barocke Prunkstiege von Johann Lukas von Hildebrandt mit Skulpturen von Georg Raphael Donner, um 1727 datiert.

Minolta 7000, AF 2.8/20 mm.

Salzburg, Mirabell Castle.
Magnificent Baroque stairway by Johann Lukas von Hildebrandt with sculptures by Raphael Donner, dating from about 1727.

Salzbourg, château de Mirabell.
Escalier d'apparat en style baroque de Johann Lukas von Hildebrandt, sculptures de Georg Raphaël Donner, datant de 1727.

Salisburgo – Castello di Mirabell.
Sfarzoso scalone barocco, opera di Johann Lukas von Hildebrandt, decorato con sculture di Georg Raphael Donner, lo scalone fu costruito intorno al 1727. 31

Steiermark, Graz, Exponat aus dem Steiermärkischen Landesmuseum Joanneum Graz.
Erzherzog Johann stiftete das Institut um 1811; in voller Rüstung im Kampf gegen die Türken.

Minolta 9000, AF-Macro 2.8/100 mm.

Styria, Graz, exhibits from the Styria Provincial Museum Joanneum Graz.
Archduke Johann founded the institute in 1811; in full armour fighting the Turks.

Styrie, Graz, musée Joanneum, fondé par l'archiduc Jean en 1811; chevalier en armure luttant contre les Turcs.

Stiria – Graz, pezzo d'esposizione tratto dal museo regionale della Stiria, lo Joanneum a Graz.
L'arciduca Giovanni fondò questo istituto nel 1811; in piena armatura nella guerra contro i turchi. 32

Steiermark, Graz, Ständisches Zeughaus.
1643–1645 durch A. Solar erbaut; birgt rd. 29.000 Stück verschiedenster Waffen, davon über 3300 Harnische und Helme sowie viele Prunkwaffen für Tunier und Jagd aus der Zeit der Türkenkriege.

Minolta 9000, AF-Macro 2.8/100 mm.

Styria, Graz, Corporate Armoury.
Built in 1643–45 by A. Solar; contains roughly 29,000 very varied weapons, including over 3,300 suits of armour and helmets and many magnificent arms for tournaments and the hunt from the time of the Turkish Wars.

Styrie, Graz, l'Arsenal.
Construit de 1643 à 1645 par A. Solar, dépôt d'armes des Etats de la Styrie, renfermant environ 290.000 armes différentes dont plus de 3.300 cuirasses et casques ainsi que de nombreuses armes d'apparat portées dans les tournois et à la chasse. Elles datent de la guerre contre les Turcs.

Stiria – Graz,
arsenale delle corporazioni.
Costruito dal 1643 al 1645 da A. Solar. Custodisce circa 29.000 armi differenti, fra cui 3.300 armature e elmi nonché armi sfarzose per tornei e cacce che datano dall'epoca delle guerre contro i turchi. 33

34 Steiermark, Graz, Ständisches Zeughaus. 1643–1645 durch A. Solar erbaut; birgt rd. 29.000 Stück verschiedenster Waffen, davon über 3300 Harnische und Helme sowie viele Prunkwaffen für Tunier und Jagd aus der Zeit der Türkenkriege.

Minolta 9000, AF-Macro 2.8/100 mm.

Styria, Graz, Corporate Armoury. Built in 1643–45 by A. Solar; contains roughly 29,000 very varied weapons, including over 3,300 suits of armour and helmets and many magnificent arms for tournaments and the hunt from the time of the Turkish Wars.

Styrie, Graz, l'Arsenal. Construit de 1643 à 1645 par A. Solar, dépôt d'armes des Etats de la Styrie, renfermant environ 290.000 armes différentes dont plus de 3.300 cuirasses et casques ainsi que de nombreuses armes d'apparat portées dans les tournois et à la chasse. Elles datent de la guerre contre les Turcs.

Stiria – Graz, arsenale delle corporazioni. Costruito dal 1643 al 1645 da A. Solar. Custodisce circa 29.000 armi differenti, fra cui 3.300 armature e elmi nonché armi sfarzose per tornei e cacce che datano dall'epoca delle guerre contro i turchi.

35 Steiermark, Park Schloß Schielleiten, Ballonweltmeisterschaft. 1732 Gründung durch die Grafen Wurmbrand-Stuppach; Hochbarock; seit 1935 Bundessportschule.

Minolta 9000, AF 2.8/20 mm.

Styria, Schielleiten Castle park, ballooning world championships. Founded in 1732 by the Counts Wurmbrand-Stuppach; late Baroque; since 1935 Federal sports school.

Styrie, jardin du château Schielleiten, championnat du monde de vol en ballon. Fondé en 1732 par les comtes Wurmbrand-Stuppach; style baroque; Ecole fédérale des Sports depuis 1935.

Stiria – Giardino – alla maniera del pieno barocco – del castello di Schielleiten, campionato mondiale di aerostati. Fu fondato nel 1732 da parte dei duchi di Wurmbrand-Stuppach; dal 1935 vi risiede la scuola federale per lo sport.

36 Niederösterreich, Gramatneusiedl, künstliche Baumreihen. Gepflanzte Flur, Windbrecher, Straßenbegrenzer, typische Kennzeichen der Ebene im östlichen Österreich.

Minolta 9000, AF-Macro 2.8/50 mm.

Lower Austria, Gramatneusiedl, planted rows of trees. Open fields, windbreakers, road boundary markers, typical of the plains in eastern Austria.

Basse-Autriche, Gramatneusiedl, allées artificielles. Couloir planté, brise-vent, limites routières, marques caractéristiques de la plaine à l'Est de l'Autriche.

Austria Inferiore – Gramatneusiedl. Viali alberati artificiali, terreno agricolo coltivato, frangivento, piante che segnano i margini delle strade, molto caratteristiche per le pianure dell'Austria orientale.

37 Vorarlberg, Bregenzer Ache. Rudimentäre Sedimentgesteinablagerungen, Sandbankgeschiebe und bläulich graue Wasser. Achen – eigenwillige, windungsreiche Wasseradern der Alpen.

Minolta 9000, AF 2.8/24 mm.

Vorarlberg, Bregenz Ache. Rudimentary stone sedimentation, sandbank drift and blue-grey water. Ache – a headstrong, meandering Alpine water artery.

Vorarlberg, Bregenzer Ache. Sédiments rudimentaires, banc de sable charrié et eau bleugrisâtre. Failles gorgées d'eau des Alpes.

Vorarlberg – Bregenzer Ache. Deposizioni rudimentali di rocce sedimentarie, detriti alluvionali e acque grigio-bluastre. Il nome deriva dalle vene d'acqua alpine dalle forme bizzarre che si orientano secondo le anse.

38 Oststeirisches Hügelland. Besteht hauptsächlich aus tertiärem Ton, Lehm und Sand, von Flüssen zu Platten, Rieden und Hügeln zerschnitten; intensive Landwirtschaft.

Minolta 9000, AF 1.4/50 mm.

East Styria hills. Consisting primarily of Tertiary clay, loam and sand, cut by rivers into plateaus, moor and hills; intensive agriculture.

Région de collines à l'Est de la Styrie. Formée principalement d'argile tertiaire, de limon et de sable. Région découpée par les fleuves en mamelons et collines; intense agriculture.

Regione collinosa nella Stiria orientale. Questa zona consiste soprattutto di argilla terziaria, terra e sabbia, modellata e tagliata dai fiumi vi si formarono zolle, campi e colline; agricoltura intensa.

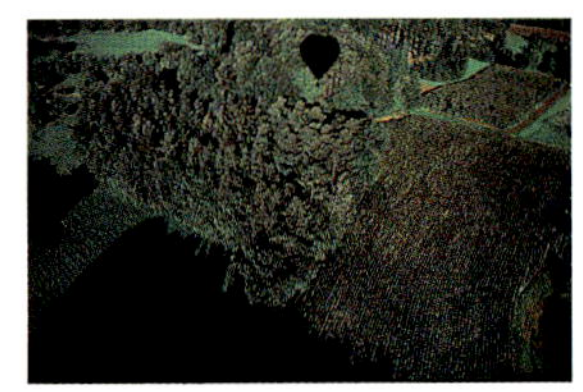

39

Steiermark, Fürstenfeld, Tabakernte.
Bereits 1694 waren hier sowohl Tabakanbau als auch Tabakverarbeitung verbreitet; heute ist die Tabakfabrik Fürstenfeld die einzige Zigarrenfabrik Österreichs.

Minolta Dynax 7000i, AF 2.8/24 mm.

*Styria, Fürstenfeld, tobacco harvest.
Both tobacco growing and processing were known here as early as 1694; today the Fürstenfeld Tobacco Factory is the only cigar factory in Austria.*

Styrie, Fürstenfeld, récolte du tabac.
Culture et traitement du tabac depuis 1694. La manufacture de tabacs de Fürstenfeld est aujourd'hui la seule fabrique de cigares de l'Autriche.

*Stiria – Fürstenfeld,
raccolta del tabacco.
Già nel 1694 in questa zona era diffusa la coltivazione del tabacco come anche la sua lavorazione. Oggi la fabbrica di tabacco di Fürstenfeld è rimasta l'unica fabbrica di sigari in Austria.*

40

Osttirol, Drautal, „Kornmandeln".
Die traditionelle Form, um Getreide zu trocknen, vor der Mechanisierung der Erntemethoden.

Minolta 9000, AF-Macro 2.8/50 mm.

*East Tirol, Drau Valley,
"Kornmandeln".
The traditional method of drying grain before mechanical harvesting.*

Tyrol oriental, vallée de la Drau,
»Kornmandeln«.
Mise en meule traditionnelle du blé avant la mécanisation des méthodes de récolte.

*Tirolo orientale – Valle del Drau,
„Kornmandeln".
La forma tradizionale che un tempo veniva utilizzata per asciugare il frumento, prima della meccanizzazione dei metodi di raccolta.*

41

Burgenland, Baumgarten,
Straßenfront eines Streckhofes.
Die geringe Breite der Parzellen zwang hier zum Anbau in Längsrichtung; durch die planmäßige Kolonisierung im Mittelalter entstanden.

Minolta 9000, AF-Macro 2.8/100 mm.

*Burgenland, Baumgarten, street front of a "Streckhof" (extended farm buildings).
The narrow building lots produced such long constructions; arose through planned colonization in the Middle Ages.*

Burgenland, Baumgarten,
devant d'une ferme.
Les parcelles très étroites imposaient une construction dans le sens longitudinal (Streckhof). Fondé au moyen-âge par une colonisation systématique.

*Burgenland – Baumgarten, Facciata stradale di una fattoria longitudinale.
La limitata larghezza delle parcelle costringeva i contadini a costruire le loro fattorie in direzione longitudinale. Sono queste delle forme nate durante la colonizzazione pianificata nel medioevo.*

42

Burgenland, Günser Bergland,
Sommerwiese.
Diese fast schon kitschige Pracht ist das Ergebnis jahrhundertelanger bäuerlicher Arbeit. Natur aus Kultur.

Minolta 9000, AF 2.8/24 mm.

*Burgenland, Günser Hills,
summer pastures.
Such almost kitschy magnificence is the result of centuries of farm labour. Nature as culture.*

Burgenland, Günser Bergland,
près estival.
Cette somptuosité qui frise le kitsch est le résultat de plusieurs siècles de travail rural. Nature créée par la culture.

*Burgenland – Colline di Güns,
prato estivo.
Questo sfarzo quasi kitsch è il frutto di un lavoro secolare svolto dai contadini. Natura dalla cultura.*

43

Niederösterreich, Tullnerfeld.
Diese Ebene war, wie das Wiener Bekken, ein Meereseinbruch, der später mit Schotter aufgefüllt wurde; heute eine der Kornkammern Österreichs.

Minolta 9000, AF 2.8/24 mm.

*Lower Austria, Tullnerfeld.
Like the Vienna Basin, this plain was a sea inlet which was later filled with gravel; now one of Austria's granaries.*

Basse-Autriche, Tullnerfeld.
Cette plaine, de même que le bassin viennois, représente une irruption de la mer remplie de pierres; c'est aujourd'hui le grenier de l'Autriche.

*Austria Inferiore – Campi di Tulln.
Questa pianura, come anche la conca di Vienna, sono nate in seguito a uno sprofondamento marino riempitosi più tardi di ciottoli; fra le regioni austriache, una fra le più ricche di cereali.*

44 Burgenland, Stinatz.
Es ist schon Tradition im Burgenland, daß die alten Leute auf der Hausbank vor ihrem Haus sitzen; Kommunikationszentrum Straße – sie wird zum Wohnzimmer.

Minolta XM, MD 2.8/24 mm.

Burgenland, Stinatz.
It is an old Burgenland tradition for the older generation to sit on a bench before their houses. The street becomes an extension of their living rooms and a centre of communication.

Burgenland, Stinatz.
Les vieux du Burgenland s'assoient traditionnellement sur le banc devant leur maison; la rue devient un pôle de communication, la pièce de séjour.

Burgenland – Stinatz.
Nel Burgenland fa già parte della tradizione che le persone anziane stiano sedute sulle seggiole o sulle banchine situate di fronte alle loro case; la strada, polo di comunicazione, diventa quasi un salotto.

45 Burgenland, Eisenstädter Becken.
Fruchtwechselwirtschaft auf Ackerland ist äußerst charakteristisch, vor allem in den Niederungen.

Minolta Dynax 7000i, AF-Apo 2.8/200 mm.

Burgenland, Eisenstadt Basin.
Crop rotation on arable land is extremely characteristic, especially in the low-lying areas.

Burgenland, bassin d'Eisenstadt.
L'alternance des cultures est très caractéristique, surtout sur les terrains bas.

Burgenland – Conca di Eisenstadt.
E' molto caratteristica la coltura alternata sui terreni coltivati, soprattutto nelle pianure.

46 Niederösterreich, Wachau.
Weinberge sind eine charakteristische Landschaftsform in Österreich; die erste urkundliche Erwähnung von Weinbau im österreichischen Raum findet sich bereits in Schriften des hl. Severin (5. Jahrhundert).

Minolta 9000, AF-Apo 2.8/300 mm.

Lower Austria, Wachau.
Vineyards are a characteristic type of Austrian landscape; the first documentary mention of viticulture in the Austrian area appears in the writings of St. Severin (5th century).

Basse-Autriche, Wachau.
Les vignobles constituent une partie caractéristique du paysage de l'Autriche; les écrits de Saint Sévérin mentionnent déjà la viticulture dans la région autrichienne (5e siècle).

Austria Inferiore – Wachau.
I vigneti costituiscono una forma caratteristica del paesaggio austriaco. La prima documentazione scritta della viticoltura in Austria risale al 5° secolo – si vedano le opere di San Severino.

47 Burgenland, Neusiedl am See,
Pannonisches Heimatmuseum und dessen Kurator und Initiator.
Sammlung von Gebrauchsgegenständen des bäuerlichen Lebens.

Minolta 9000, AF-Macro 2.8/50 mm.

Burgenland, Neusiedl am See,
Pannonic museum of local history with its "curator" and initiator.
A collection of everyday objects of farming life.

Burgenland, Neusiedl am See, musée pannonien et son syndic et initiateur.
Collections d'objets d'usage courant de la vie rurale.

Burgenland – Neusiedl am See,
museo regionale della Pannonia e il suo fondatore e mecenate.
Raccolta di oggetti usati quotidianamente dal contadino.

Burgenland, Neusiedler See.
Steppensee, Länge ca. 35 km, Breite 4–14 km, Tiefe durchschnittlich 110 cm; breiter Schilfgürtel, Vogelschutzgebiet, Fischreichtum, ca. 30 Fischarten, vor allem Karpfen, Zander und Hecht.

Minolta 9000, AF 2.8/24 mm.

Burgenland, Lake Neusiedl.
Steppe lake, ca. 35 km long, 4–14 km wide, average depth 110 cm; broad reed belt, bird sanctuary, rich in fish, ca. 30 sorts, above all carp, zander and pike.

Burgenland, Lac de Neusiedl.
Lac de steppe, longueur 35 km, largeur 4 à 14 km, profondeur 110 cm en moyenne; large ceinture de roseaux, région ornithologique protégée, très poisonneux, près de 30 espèces de poissons, surtout carpes, sandres et brochets.

Burgenland – Lago di Neusiedl. 48
Lago di steppa, lunghezza circa 35 km, larghezza 4–14 km, profondità media 110 cm; larga cintura di canna palustre. Zone di protezione per uccelli, ricco di pesci (circa 30 specie differenti) soprattutto carpe, lucioperche e lucci.

Vorarlberg, Bodensee, Segelregatta.
An dem rund 540 km^2 großen Bodensee haben die Schweiz, Österreich und die Bundesrepublik Deutschland Anteil; der österreichische Anteil beträgt knapp 40 km^2; der fischreiche See, auch „Schwäbisches Meer" genannt, weist einige Besonderheiten auf, deren Ursachen zum Teil noch ungeklärt sind, so das „Seeschießen", ein donnerartiges Rollen aus der Tiefe des Sees. Im Sommer eine Attraktion für Segler und Surfer.

49 Minolta 9000, AF 2.8/24 mm,
50 Minolta 9000, AF 1.4/85 mm.

Vorarlberg, Lake Constance, sailing-boat regatta.
The roughly 540 km^2 of Lake Constance are shared by Switzerland, Austria and the Federal Republic of Germany, the Austrian share being a bare 40 km^2; rich in fish, the lake is also called the "Swabian Sea" and has several unusual and still partly unexplained peculiarities, such as the "lake shooting", a thunder-like rumble from the depths of the lake. In summer it is a favourite resort of yachtsmen and surfers.

Vorarlberg, Lac de Constance.
Régates à la voile. La Suisse, l'Autriche et la République Fédérale d'Allemagne se partagent le Lac de Constance. La partie autrichienne atteint 40 km^2. Le lac très poissonneux, appelé aussi »mer souabe«, présente quelques particularités dont les causes ne sont pas encore entièrement élucidées, par ex. le »Seeschießen« (tir lacustre), un grondement tonitruant émanant des profondeurs du lac. En été, voile et surf.

Vorarlberg – Lago di Costanza. 49
Regata sul lago. 50
Il lago, con una estensione di 540 km^2, appartiene alla Svizzera, all'Austria e alla Repubblica Federale Tedesca. La quota austriaca ammonta a 40 km^2 circa; il lago, molto ricco di pesci, viene anche chiamato „Mar Svevo" e presenta alcune singolari caratteristiche, alcune dei quali non possono essere spiegate, come per esempio il cosiddetto „tiro del lago", uno strano ronzio simile al tuono che proviene dalla profondità delle acque. In estate il Lago di Costanza è punto d'attrazione per la vela e il surf.

Kärnten, Wörther See,
Karneval in Velden.
Größter See Kärntens mit einer Flächenausdehnung von 19,4 km^2, die Nummer eins im Fremdenverkehr; alljährlich Sommerkarneval im Badeort Velden.

Minolta 7000, AF 2.8/135 mm.

Carinthia, Lake Wörth,
Carnival in Velden.
The largest lake in Carinthia with an area of 19.4 km^2, No. 1 for tourism; annual summer carnival in the bathing resort of Velden.

Carinthie, Wörthersee,
carnaval à Velden.
Le plus grand lac de Carinthie: 19,4 km^2; en tête du tourisme; tous les ans, carnaval d'été à Velden, station de bains internationale.

Carinzia – Lago di Wörth, 51
il carnevale a Velden.
Il lago più grande della Carinzia, con una estensione di 19,4 km^2, occupa il primo posto nel turismo; ogni anno, nella località balneare di Felden, si festeggia un carnevale estivo.

Oberösterreich, Salzkammergut,
Wolfgang- oder Abersee.
Im Gebiet des Salzkammergutes liegen nicht weniger als 68 Seen; Paradies für viele Badehungrige.

Minolta 9000, AF-Apo 2.8/200 mm.

Upper Austria, Salzkammergut,
Lake Wolfgang or Lake Aber.
There are no less than 68 lakes in the Salzkammergut area; a paradise for those in search of somewhere to swim.

Haute-Autriche, Salzkammergut,
Wolfgang ou Abersee.
Le Salzkammergut compte pas moins de 68 lacs; le paradis des baigneurs.

Austria Superiore – 52
Zona del Salzkammergut, il lago Wolfgangsee o Abersee.
Nella zona del Salzkammergut si contano ben 68 laghi; un vero paradiso per molti appassionati del bagno nei laghi.

53 Kärnten, Millstätter See.
Die Seepromenaden sind im Sommer ein gern genutztes Konzertpodium für allerlei Straßenmusikanten, „Virtuosen" und Musikstudenten.

Minolta 9000, AF-Apo 2.8/300 mm.

Carinthia, Lake Millstatt.
In summer the lakeside promenades are a welcome platform for all sorts of street musicians, "virtuosi" and music students.

Carinthie, Millstättersee.
En été, les promenades longeant le lac servent de salles de concert à bien des musiciens de rue »virtuoses« et étudiants en musique.

Carinzia – Lago di Millstatt.
I passeggi lungo il lago diventano in estate il podio per i concerti dei più svariati musicanti girovaghi. „Virtuosi" e studenti di musica.

54 Vorarlberg, Bregenzer Festspiele.
Bereits 1946 begründet; in Zusammenarbeit mit der Volksoper Wien und dem Wiener Burgtheater sowie den Wiener Symphonikern; eine besondere Attraktion ist die Seebühne.

Minolta 9000, AF-Apo 2.8/200 mm.

Vorarlberg, Bregenz Festival.
Founded in 1946; in co-operation with the Vienna Volksoper, the Vienna Burgtheater and the Vienna Symphony Orchestra; the lakeside stage is a particular attraction.

Vorarlberg, festival de Bregenz.
Créé en 1946; en coopération avec le Volksoper, le Burgtheater et l'orchestre symphonique de Vienne; la scène sur le lac constitue un point d'attraction particulier.

Vorarlberg – Festival di Bregenz.
Fondato già nel 1946, in collaborazione con l'Opera Popolare e il Teatro Imperiale di Vienna, nonché l'orchestra sinfonica di Vienna. Un punto d'attrazione particolare è il palcoscenico sistemato nel lago.

55 Steiermark, Hoher Dachstein.
Höchster Gipfel (2995 m) der Nördlichen Kalkalpen auf steirischem Boden; das durch Bergbahnen erschlossene Dachsteinmassiv ist ein Schi- und Kletterparadies.

Minolta 9000, AF-Macro 2.8/100 mm.

Styria, Hoher Dachstein.
Highest peak (2,995 m) of the Northern Chalk Alps in Styria; the skiing and climbing paradise of the Dachstein Massif can be reached by mountain railways.

Styrie, Hoher Dachstein.
Sommet (2995 m) des Alpes calcaires septentrionales sur le territoire de la Styrie; le massif du Dachstein est accessible par des téléphériques; le paradis des skieurs et des alpinistes.

Stiria – Hoher Dachstein.
La più alta vetta delle Alpi calcaree del nord su territorio stiriano (2.995 m); il massiccio del Dachstein, raggiungibile con funicolari, rappresenta un paradiso per gli sciatori e per gli alpinisti.

56 Tirol, Kössen, Paragleiten.
Es steht für lautloses Schweben, für kurzes Aufreißen und pralles Füllen der Kammern eines fallschirmartigen Gleitschirmprofils; gute Flugberge, gute Thermik machen Österreich zu einem Land für Paragleiter.

Minolta 9000, AF-Apo 2.8/300 mm.

Tirol, Kössen, hang-gliding.
Hanging silently, with an opening and filling taut of a parachute-like glider-sail; wood mountains for gliding and good thermal currents make Austria the country for hang-gliders.

Tyrol, Kössen, vol libre.
Planer librement avec son aile. L'excellente thermodynamique fait de l'Autriche le pays par excellence pour ce sport.

Tirolo – Kössen, volo con deltaplano.
Dietro questo nome si nasconde lo stare sospesi in volo silenziosamente, un volo interrotto da brevi strappi per riempire d'aria le camere di una tela simile ad un paracadute; monti molto ben adeguati al volo e situazione termica ideale fanno dell'Austria un paradiso per il deltaplano.

Steiermark, Dachstein-Tauern-Region, Dachsteingletscher.
Das Ganzjahresschigebiet auf dem „Dach der Steiermark“ genießt, spätestens seit den Schiweltmeisterschaften 1982, bei Langläufern einen besonderen Ruf. Der Dachstein selbst wurde ja bereits im Dachsteinlied „Hoch vom Dachstein an...“, dem steirischen Nationallied, verewigt.

57 Minolta 9000, AF-Apo 2.8/300 mm,
58 Minolta 9000, AF-Macro 2.8/100 mm.

Styria, Dachstein-Tauern region. Dachstein Glacier.
The all-year-round skiing area of the "Roof of Styria" enjoys a special reputation among cross-country skiers, at the latest since the World Skiing Championships of 1982. The Dachstein itself is celebrated in the Dachstein Song, the Styrian national anthem.

Styrie, région du Dachstein et des Tauern, glacier du Dachstein.
La région de ski sur le »toit de la Styrie«, où l'on peut skier toute l'année, est très réputée depuis le championnat du monde de 1982, surtout auprès des coureurs de fond. Le Dachstein lui-même a été immortalisé dans la chanson nationale styrienne »Hoch vom Dachstein an . . .«

Stiria – Regione del Dachstein e dei Tauri, ghiacciaio del Dachstein. 57
La regione sciistica, aperta tutto l'anno, è situata sul „tetto“ della Stiria, e sin dai campionati mondiali del 1982 gode di particolare celebrità fra gli sciatori di fondo. Il Dachstein stesso è già immortalato nella canzone popolare „Dall'alto del Dachstein . . .“, diventata col tempo inno regionale della Stiria. 58

Oberösterreich, Hallstatt.
Überwältigende Funde aus etwa 3000 Gräbern der Eisenzeit veranlaßten die Wissenschaftler, der Epoche von ungefähr 800 bis 400 v. Chr. den Namen „Hallstattzeit“ zu verleihen; der düstere Hallstätter See liegt eingezwängt zwischen steilen Felswänden, so daß im Winter die Sonne kaum in den Kessel hinunterreicht.

59 Minolta 9000, AF-Macro 2.8/50 mm,
60 Minolta 9000, AF 2.8/20 mm.

Upper Austria, Hallstatt.
Enormous discoveries from some 3000 graves from the Iron Age caused scientists to give the epoch from about 800 to 400 B. C. the "Hallstatt Period": gloomy Lake Hallstatt is shut in between steep rock walls so that in winter the sun hardly comes down to the valley bottom.

Haute-Autriche, Hallstatt.
Les objets trouvés dans près de 3000 tombes ont amené les savants à donner le nom de Hallstatt au premier âge de fer. La période de Hallstatt date de 800 à 400 av. J. C. Le sombre lac de Hallstatt est enchâssé entre les parois rocheuses raides; en hiver, les rayons de soleil n'atteignent jamais le bassin.

Austria Superiore – Hallstatt. 59
L'oscuro lago di Hallstatt, schiacciato fra le montagne, sul fondo di una conca, dove d'inverno il sole non arriva mai. In seguito ai sensazionali ritrovamenti, scoperti in circa 3.000 tombe dell'età del ferro, gli scienziati conferiscono all'epoca che va dall'800 al'400 a. C. il nome di „periodo di Hallstatt“. 60

Vorarlberg.
„Vor dem Arlberg“ impliziert „berg“-dominantes Land; westlichster Punkt Österreichs; Alpen-, Paß- und Tälerland.

Minolta 9000, AF-Zoom 75–300 mm.

Vorarlberg.
"Vor dem Arlberg" – before the Arlberg – implies that the mountain dominates the land; the westernmost point of Austria; Alps, passes and valleys.

Vorarlberg.
»Devant l'Arlberg« implique une région dominée par les montagnes; le point le plus à l'Ouest de l'Autriche; une région alpine faite de cols et de vallées.

Vorarlberg. 61
„La regione che sta davanti all'Arlberg“ – già il nome definisce l'importanza della montagna in questa zona; la zona più occidentale dell'Austria, zona schiettamente alpina, ricca di valichi e valli.

62 Salzkammergut.
Alpen- und Voralpenregion im Gebiet der oberen Traun; die Bundesländer Oberösterreich, Steiermark und Salzburg haben daran Anteil.

Minolta 9000, AF-Macro 2.8/100 mm.

Salzkammergut.
Alps and their foothills watered by the upper Traun and shared by the Federal Provinces of Upper Austria, Styria and Salzburg.

Salzkammergut.
Région alpine et préalpine le long du cours de la haute Traun; formée par la Haute-Autriche, la Styrie et la province de Salzbourg.

Zona del Salzkammergut.
Regione alpina e prealpina, situata nel bacino idrico del Traun superiore a cui partecipano le regioni dell'Austria Superiore, della Stiria e del Salisburgo.

63
64 Kärnten, Lesachtal, Birnbaum.
Blasmusikanten in farbenfrohen Trachten und geschmückten Hüten sind stattlicher Aufputz jeder kirchlichen und weltlichen Festivität. Die heutige Form der Blasmusik geht auf das frühe 18. Jahrhundert zurück, als die „türkische" oder „Janitscharenmusik" mit Trommeln, Becken und Pauken in die österreichische Militärmusik eindrang.

Minolta 9000, AF-Apo 2.8/200 mm.

Carinthia, Lesach Valley, Birnbaum.
Wind musicians with their colourful costumes and decorated hats are a handsome decoration of every church or profane festivity. The present form of wind band goes back to the early 18th century when the "Turkish" or "Janissary" music with its drums, cymbals and kettledrums found a place in Austrian military music.

Carinthie, vallée du Lesach, Birnbaum.
Les musiciens dans leurs magnifiques costumes traditionnels font partie de toutes les fêtes religieuses et profanes. La forme actuelle de la musique pour instruments à vent remonte au début du 18e siècle lorsque la musique »turque« ou la »musique des Janissaires« conquit tambours, cymbales et timbales battants la musique militaire autrichienne.

Carinzia – Valle del Lesach, Birnbaum.
Musicisti con i loro strumenti a fiato, e con i loro variopinti costumi tradizionali e i cappelli decorati costituiscono l'attrazione di ogni festa sacrale e temporale. La forma attuale della musica a fiato risale al primo '700 quando la musica turca o giannizzera irruppe con tamburi, piatti e timpani nella musica militare austriaca.

65
66 Steiermark, Ausseerland.
Kinder in der Landestracht beim jährlichen „Narzissenfest". So wie bei der Feldarbeit die Kopfbedeckung unerläßlich ist, so wird auch bei feierlichen Anlässen auf den Hut nicht verzichtet: Dann dient er, mit Bändern, Quasten, Federn und Blumen aufgeputzt, als Blickpunkt der Festtracht.

Minolta 9000, AF-Macro 2.8/100 mm.

Styria, Aussee country.
Children in the local costume at the annual "Narcissus Festival". Just as a head covering is essential when working in the fields one cannot do without a hat on festive occasions. Decorated with ribbons, tassels, feathers and flowers it is the crowning point of a ceremonial costume.

Styrie, région d'Aussee.
Enfants en costumes traditionnels à la »fête annuelle des narcisses«. Le chapeau indispensable pour travailler sur les champs ne l'est pas moins pour les fêtes. Orné de rubans, de pompons, de plumes et de fleurs, il est le point de mire du costume folklorique.

Stiria – Zona di Aussee.
Bambini vestiti con il costume regionale in occasione della „festa dei narcisi" che ha luogo ogni anno. Il copricapo – un elemento del vestiario indispensabile durante il lavoro sui campi non deve mancare neanche alle occasioni solenni: decorato con nastrini, frange, piumini e fiori, il cappello rappresenta il punto centrale del vestito da gala.

Steiermark, Sölktal, St. Nikolai, Maibaum.
Ein alter Frühlingsbrauch, Symbol für Stärke und Leben; Spender aller Fruchtbarkeit; weit verbreitet.

Minolta 9000, AF-Apo 2.8/200 mm.

*Styria, Sölk Valley, St. Nikolai, maypole.
An old spring custom and a symbol of strength and life; a widespread symbol of fertility.*

Styrie, Sölktal, St. Nikolai, arbre de mai.
Une vieille coutume printanière largement répandue. Symbole de force et de vie, d'abondance et de fécondité.

*Stiria – Valle del Sölk,
St. Nikolai, „albero di maggio“.
Una specie di albero della cuccagna, vecchia usanza primaverile, simbolo di vigore e di vita; donatore di ogni fertilità; una tradizione molto diffusa.* 67

Tirol, Zell am Ziller, Wallfahrtskirche Maria Rast am Hainzenberg.
Barocker Zentralbau, hoch über Zell am Eingang des Gerlostales.

Minolta 9000, AF 2.8/24 mm.

*Tirol, Zell on the Ziller, pilgrimage church Maria Rast on the Hainzenberg.
Baroque building high above Zell at the entrance to Gerlos valley.*

Tyrol, Zell am Ziller, église de pèlerinage Maria Rast sur le Hainzenberg.
Construction centrale en style baroque situeé au-dessus de Zell à l'entree de la vallée Gerlos.

*Tirolo – Zell am Ziller, santuario Maria Rast sul Hainzenberg.
Costruzione centrale barocca, situata molto in alto sul villaggio di Zell, all'entrata della valle del Gerlos.* 68

Tirol, Fernsee, Fernstein.
Hier in den Alpentälern wird noch vereinzelt Pferdezucht betrieben, besonders Haflinger, die sowohl für die Gebirgsbauern als auch für das Bundesheer wertvolle Dienste leisten.

Minolta 9000, AF 2.8/135 mm.

*Tirol, Fernsee, Fernstein.
Horses are still occasionally bred in these Alpine valleys, especially Haflinger, which are valuable workhorses for the mountain farms and the Federal Army.*

Tyrol, lac de Fern, Fernstein.
Dans les vallées des Alpes on pratique encore l'élevage de chevaux, surtout de la race Haflinger, qui rendent de précieux services aux paysans de montagne et à l'Armée fédérale.

*Tirolo – Lago Fernsee con il Fernstein.
In queste valli alpine si trovano in parte ancora allevamenti di cavalli, soprattutto di „haflinger“, cavalli che rendono servizi utilissimi sia ai contadini alpini che all'esercito.* 69

Tirol, Holzgau, Freskomalerei.
Der für diese Malerei gebräuchliche Name „Lüftlmalerei“, tut dem Maler „Lüftl“ Zwink, 1742–1792, fast zuviel Ehre an: Er hat sie nicht „erfunden“, er war nur einer ihrer prominenten Vertreter.

Minolta 9000, AF-Macro 2.8/100 mm.

*Tirol, Holzgau, frescos.
The common name for such paintings, "Lüftlmalerei" (breezy painting) honours the painter "Lüftl" Zwink (1742–1792) almost too much, as he did not "invent" them but was merely a prominent exponent.*

Tyrol, Holzgau, fresques.
Le terme de peinture à la »Lüftl« fait trop d'honneur au peintre »Lüftl« Zwink, 1742 à 1792; il n'a pas »découvert« ce procédé de peinture murale, mais était seulement un éminent fresquiste.

*Tirolo – Holzgau, affreschi.
Che il termine tecnico tedesco per questa tecnica, „Lüftlmalerei“, coincida con il nome del pittore „Lüftl“ Zwink è infatti una pura coincidenza, e quasi troppo onore per questo pittore, perché non fu lui a inventare questa tecnica. Egli ne è solo uno dei rappresentanti fra i più conosciuti.* 70

71 Niederösterreich, Waidhofen an der Ybbs.
Ursprünglich kam den Hauszeichen und -zeigern der Charakter von Rechtszeichen zu, die Hinweise auf Art und Rechtsstatus des Hauses und seiner Bewohner gaben; Blüte im 17. und 18. Jahrhundert.

Minolta Dynax 7000i, AF-Apo 2.8/200 mm.

Lower Austria, Waidhofen on the Ybbs. Originally house marks and signs had something of the character of a legal mark since they indicated the legal status of the house and its inhabitants; their heyday was the 17th and 18th centuries.

Basse-Autriche, Waidhofen an der Ybbs. A l'origine, les signes et les indications sur les maisons avaient un caractère juridique révélant le statut juridique de la maison et de ses occupants; apogée au 17e et 18e siècle.

Austria Inferiore – Waidhofen an der Ybbs. Originariamente queste insegne sulle case avevano il carattere di indici giuridici che dovevano accennare allo stato giuridico della casa e dei suoi abitanti. Periodo aureo nel '600 e nel '700.

72 Vorarlberg, Dornbirn.
Seit dem 18. Jahrhundert entwickelte sich die 1901 zur Stadt erhobene Gemeinde zum ersten Textilindustrieort Österreichs; seit 1949 jährlich Textil- und Mustermesse.

Minolta 9000, AF-Apo 2.8/200 mm.

Vorarlberg, Dornbirn. Given city status in 1901, this community has developed since the 18th century into the foremost centre of the Austrian textile industry; annual textile and pattern fairs since 1949.

Vorarlberg, Dornbirn. Depuis le 18e siècle, l'agglomération, élevée au rang de ville en 1901, est devenue la première ville textile de l'Autriche; un salon textile s'y tient annuellement depuis 1949.

Vorarlberg – Dornbirn. Fin dal 1700 questo villaggio, a cui nel 1901 fu conferito il diritto civico, incominciò a svilupparsi fino a diventare uno dei primi centri dell'industria tessile in Austria. Dal 1949 vi si svolge ogni anno la fiera tessile e campionaria.

73 Oberösterreich, Obernberg am Inn.
Barockisierter Marktplatz mit stattlichen Bürgerhäusern mit kunstvollem Fassadenstuck.

Minolta 7000, AF-Apo 2.8/200 mm.

Upper Austria, Obernberg on the Inn. Market place in the Baroque style with handsome patrician houses and intricate stucco façades.

Haute-Autriche, Obernberg am Inn. Place du marché baroque avec de belles maisons bourgeoises; façades artistiques en stuc.

Austria Superiore – Obernberg am Inn. Piazza di mercato barocchizzata con case borghesi decorate di stucchi sontuosi sulla facciata.

74 Steiermark, Leoben, „Hacklhaus".
Der bemerkenswerte Fassadenstuck stammt bereits aus dem Jahre 1680.

Minolta 7000, AF-Apo 2.8/200 mm.

Styria, Leoben, "Hacklhaus". This remarkable stucco façade dates from 1680.

Styrie, Leoben, »Hacklhaus«. La remarquable façade en stuc date de l'an 1680.

Stiria – Leoben, „Hacklhaus". Edificio con facciata decorata con stucchi notevoli del 1680.

75 Wien, Secession.
Kuppel aus vergoldeten, eisernen Lorbeerzweigen, eines der frühesten Werke des Jugendstils, von Josef Olbrich erbaut; dahinter die Kuppel der Karlskirche.

Minolta 9000, AF-Apo 4.0/600 mm.

Vienna, Secession. Dome fashioned from gilt iron laurel twigs, one of the earliest Jugendstil works, built by Josef Olbrich; in the background the dome of St. Charles'.

Vienne, Secession. Coupole décorée de feuilles de laurier dorées, une des œuvres précoces du modern art construite par Josef Olbrich; au fond, la coupole de l'église Saint-Charles.

Vienna – Secession. Cupola di rami d'alloro di ferro dorato, una delle primissime opere del liberty, progettata da Josef Olbrich; sullo sfondo la cupola della chiesa di San Carlo.

76

Wien, Otto-Wagner-Haus in der Linken Wienzeile. Die vergoldeten Medaillons mit Palmzweigen stammen von Kolo Moser.

Minolta 9000, AF-Apo 4.0/600 mm.

Vienna, Otto Wagner house in the Linke Wienzeile. The golden medallions and palm branches are by Kolo Moser.

Vienne, maison Otto Wagner sur la Linke Wienzeile. Les médaillons dorés à branches de palmier sont l'œuvre de Kolo Moser.

Casa di Otto Wagner nella Linke Wienzeile. I medaglioni dorati a forma di rami di palme sono opera di Kolo Moser.

77
78

Wien, Schönbrunn. Erster Entwurf von Johann Bernhard Fischer von Erlach um 1692/93; erbaut um 1700; mehrfach stark verändert unter Maria Theresia, die es zu ihrer Sommerresidenz erwählte, von Nicolaus Pacassi. Gestaltung des Schloßparks (2 km^2) mit seinem reichen plastischen Schmuck durch Ferdinand von Hohenberg. Der „Schöne Brunnen" gab dem Schloß seinen Namen.

Minolta 9000, AF 2.8/20 mm.

Vienna, Schönbrunn. First designs by Johann Bernhard Fischer von Erlach around 1692/93, built around 1700, considerably altered several times by Nicolaus Pacassi under Maria Theresia, who chose it as her summer residence. The park (2 km^2) and its many sculptures were created by Ferdinand von Hohenberg. The „Schöne Brunnen" (beautiful fountain) gave the Palace its name.

Vienne, Schönbrunn. Les premiers plans datant de 1692/93 sont dûs à Johann Bernhard Fischer von Erlach. Construit vers 1700, plusieurs fois remanié par Nicolaus Pacassi sous Marie-Thérèse qui en fit sa résidence d'été. Le jardin couvrant 2 km^2, les décorations plastiques et la »Schöne Brunnen« (Belle fontaine), qui a donné son nom au château, ont été arrangés par Ferdinand von Hohenberg.

Vienna – Palazzo di Schönbrunn. Il primo progetto è di Johann Bernhard Fischer von Erlach (1692/93), eretto intorno al 1700. Le diverse modifiche furono effettuate da Nicolaus Pacassi sotto Maria Teresa che scelse questo palazzo come sua residenza estiva. Configurazione del giardino (circa 2 km^2) e sculture realizzate da Ferdinand von Hohenberg la „bella fontana" diede il nome a questo palazzo.

79
80

Wien, Oberes Belvedere. Ursprünglich ein „Nebengebäude", als ein „Belvedere", ein „Lusthaus", nicht für tägliches Wohnen, sondern nur für Feste und Feiern von Johann Lukas von Hildebrandt 1721 bis 1724 für Prinz Eugen als Sommerresidenz errichtet; glanzvollste Schöpfung der Barockarchitektur mit reichem meisterhaftem Figurenschmuck und einer faszinierenden Silhouette der Dächer mit Pavillons und Kuppeln.

79 Minolta 9000, AF-Apo 2.8/300 mm,
80 Minolta 9000, AF-Apo 4.0/600 mm.

Vienna, Upper Belvedere. Originally intended as an "outhouse", a "Belvedere" or kind of summer house not meant for daily living but rather for festivals and parties, it was built by Johann Lukas von Hildebrandt from 1721 to 1724 as a summer residence for Prince Eugène; the most splendid example of Baroque architecture with rich masterly stucco figures and a fascinating silhouette of the roofs with pavilions and cupolas.

Vienne, Belvédère supérieur. A l'origine un »bâtiment annexe«, un château de plaisance, fait non pas pour y habiter, mais pour y donner des fêtes. Construit de 1721 à 1724 pour le prince Eugène par Johann Lukas von Hildebrandt: la plus superbe création en architecture baroque ornée de riches figures magistrales, les toits, pavillons et coupoles lui confèrent une silhouette fascinante.

Vienna – Belvedere Superiore. Originariamente un „edificio secondario", una residenza estiva non d'abitazione ma solo di rappresentanza usata per diverse festività, eretta fra il 1721 e il 1724 per il Principe Eugenio di Savoia ad opera di Lukas von Hildebrandt. Una fra le creazioni più splendide dell'architettura barocca con ricchissima decorazione di sculture e un'affascinante siluetta dei tetti con padiglioni e cupole.

81 Wien, Reiterstandbild Erzherzog Carls, Heldenplatz.
Das mächtige Denkmal von Anton Fernkorn wird nur von den Hinterbeinen getragen – bei ähnlichen Skulpturen dient meist der Schweif als dritte Stütze.

Minolta 9000, AF 2.8/135 mm.

Vienna, equestrian statue of Archduke Charles, Heroes' Square.
The mighty monument created by Anton Fernkorn is carried by the hindlegs – similar sculptures mostly used the tail as third support.

Vienne, statue équestre de l'archiduc Charles, Heldenplatz.
L'imposant monument dû à Anton Fernkorn repose uniquement sur les pattes arrières. Sur des sculptures analogues, la queue sert souvent de troisième appui.

Vienna – Monumento equestre dell'arciduca Carlo sulla piazza degli eroi.
Questo imponente monumento, realizzato da Anton Fernkorn, si regge solo sulle gambe posteriori del cavallo – la maggior parte dei monumenti simili si serve della coda come terzo appoggio.

82 Wien, Burgtheater,
Detail „Christkindlmarkt" auf dem Rathausplatz.
Das neue Burgtheater, erbaut von Gottfried Semper und Karl Hasenauer, trat die Nachfolge des Hofburgtheaters am Michaelerplatz an, das 1776, von Joseph II. begründet, zum Nationaltheater erhoben wurde.

Minolta 9000, AF-Apo 2.8/200 mm.

Vienna, Burgtheater,
detail "Christkindlmarkt" (Christ Child Market) on Town Hall Square.
Built by Gottfried Semper and Karl Hasenauer, the new Burgtheater was the successor to the Hofburgtheater (Court Palace Theatre) on St. Michael's Square, founded in 1776 by Joseph II and became the National Theatre.

Vienne, Burgtheater,
détail du »Christkindlmarkt« (marché de Noël) sur la Rathausplatz.
Le nouveau Burgtheater construit par Gottfried Semper et Karl Hasenauer a succédé à l'ancien Burgtheater de la cour fondé et érigé en théâtre national par Joseph II en 1776.

Vienna – Il Teatro Imperiale; dettaglio del „Mercato di Gesù Bambino", organizzato sulla piazza del municipio.
Il nuovo Teatro Imperiale eretto da Gottfried Semper e Karl Hasenauer, sostituì il teatro di Corte, situato sulla piazza San Michele. Il teatro era stato fondato nel 1776 da Giuseppe II e fu eletto in seguito come Teatro Nazionale.

83
84 Wien, Opernball
in der Wiener Staatsoper.
Vorläufer dieses repräsentativen Ereignisses des Wiener Faschings am letzten Donnerstag vor dem Aschermittwoch waren die Redouten, die seit 1877 jährlich an der k. u. k. Hofoper abgehalten wurden.
Eröffnet wird dieser Ball u. a. mit einem traditionellen Tanz (Polonaise) vom Jungdamen- und Jungherren-Komitee und einer Darbietung des Staatsopernballetts.

83 Minolta 9000, AF-Apo 2.8/200 mm,
84 Minolta 9000, AF 1.4/85 mm.

Vienna, Opera Ball
in the Vienna State Opera.
The forerunners of this impressive event during the Vienna Fasching on the last Thursday before Ash Wednesday were the redoutes that were held annually from 1877 in the Royal and Imperial Court Opera. This ball is opened with a traditional dance (polonaise) by the Committee of Young Ladies and Gentlemen and a presentation by the State Opera Ballet.

Vienne, bal de l'Opéra.
Cet événement représentatif du carnaval de Vienne, qui a toujours lieu le dernier jeudi précédant mercredi des Cendres, fait suite aux Redoutes tenues annuellement à l'opéra de la cour royale et impériale depuis 1877. Le bal est ouvert traditionnellement par une polonaise dansée par le comité dit des jeunes filles et jeunes hommes ainsi que par une représentation donnée par le ballet de l'Opéra de Vienne.

Vienna – Ballo dell'Opera nel Teatro dell'Opera di Vienna, la Staatsoper.
I precursori di questo avvenimento di rappresentanza del carnevale di Vienna, che ha luogo ogni giovedì grasso, erano i balli in maschera che dal 1877 in poi avevano luogo ogni anno nel teatro dell'opera della corte imperial-regia. Questo ballo viene inaugurato fra l'altro con una danza tradizionale, la polonaise, presentata dalle debuttanti e dai debuttanti come anche con una rappresentazione da parte del corpo di balletto della Staatsoper.

Dachstein, Austria-Hütte.
Mit dem Bezwingen des Dachsteins und der mächtigen Südwand begann die Eroberung der steirischen Gebirgswelt, und es fand damit der Alpinismus in der Steiermark seine Krönung. Bereits um 1875 war man um eine Erleichterung des Anstiegs für Touristen bemüht; durch die 1880 erbaute Austria-Hütte wurde die Besteigung von der steirischen Seite aus zum bevorzugten Dachsteinanstieg.

Minolta 9000, AF-Apo 2.8/200 mm.

Dachstein, Austria Hut.
The conquest of the Dachstein and the mighty South Face marked the opening up of the Styria mountain world, and thereby Alpinism reached its crowning point in Styria. Attempts to make the ascent easier for tourists began as early as 1875; through the construction of the Austria Hut in 1880 the ascent from the Styrian side became the favourite route.

Dachstein, Austria-Hütte.
La conquête des montagnes de la Styrie commença par la première ascension du Dachstein et de son imposante paroi sud couronnant l'alpinisme styrien. Déjà vers 1875 on s'efforçait de faciliter l'ascension des touristes; depuis la construction de la Austria-Hütte en 1880, les alpinistes préfèrent aborder le Dachstein à partir du côté styrien.

Dachstein – Rifugio „Austria". 85 86
Con la conquista del Dachstein e la sua impressionante parete meridionale, cominciò la conquista del mondo delle montagne stiriane. Si coronò così l'alpinismo in questa regione. Già nel 1875 si cercò di facilitare la scalata agli alpinisti. Grazie al rifugio „Austria" la parte stiriana divenne il punto di partenza preferito per le scalate del Dachstein.

Steiermark, Herbstwald,
Tirol, Winterwald.
Wald bedeckt über 3,630.000 ha des Landes, die forstwirtschaftlich genutzte Fläche beträgt über 43 %; Österreich steht mit diesem Anteil in Europa (ausgenommen die UdSSR) an dritter Stelle; 40 % der Waldfläche gehören Bauern, fast ein Drittel privaten Großgrundbesitzern, der Rest den Bundesforsten, kirchlichen Institutionen u. a. Etwa vier Fünftel sind Nadelhölzer, besonders Fichten und Lärchen; unter Laubhölzern ist die Rotbuche stark verbreitet.

Minolta 9000, AF-Apo 2.8/200 mm.

Styria, woods in autumn,
Tirol, woods in winter.
Woods cover over 3,630,000 ha or over 43 % of her area are used for forestry; this share means that Austria takes third place in Europe (the USSR excepted); 40 % of the wooded area belongs to farmers, almost a third to large private landowners and the rest the Federal Forests, church institutions etc. Roughly four-fifths coniferous woods, particularly spruce and larch; widespread among the deciduous trees is the red beech.

Styrie, forêt automnale,
Tyrol, forêt hivernal.
La forêt couvre une superficie de 3,630.000 ha ou plus de 43 % de la surface cultivée; l'Autriche range donc à la troisième place en Europe (sans l'URSS); 40 % appartiennent à des agriculteurs, près d'un tiers à des grands propriétaires fonciers, le reste à l'Etat, à l'Eglise etc. . . Quatre cinquième sont des conifères, surtout sapins et mélèzes; les forêts à arbres feuillus sont principalement constituées de hêtres rouges.

Stiria – Bosco autunnale, 87 88
Tirolo – Bosco invernale.
I boschi coprono una superfice di più di 3.630.000 ettari – più del 43 % della superficie viene usato per la silvicoltura. Con questa quota l'Austria occupa il terzo posto nella classifica europea, esclusa l'URSS; il 40 % dei boschi appartiene a contadini, quasi un terzo a latifondisti e il resto è foresta demaniale o appartiene a istituzioni ecclesiastiche ecc. Quasi quattro quinti consistono di conifere, soprattutto di abeti rossi e larici; fra le piante latifoglie vi sono molti faggi.

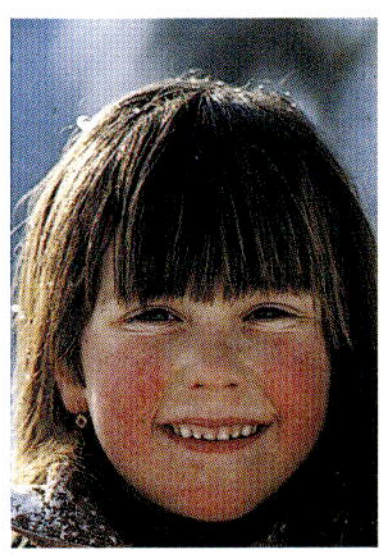

Kärnten, Mallnitz, Kindergesicht.
1981 gab es in Österreich 1,99 Millionen Familien; durchschnittliche Kinderzahl 1,9 in Vorarlberg, in Tirol 2,1, in Wien 1,5; Spitzenwert im Bezirk Lienz (Osttirol) mit 2,7 Kindern pro Familie.

Minolta 9000, AF-Apo 2.8/200 mm.

Carinthia, Mallnitz, child's face.
1.99 million families in 1981; average number of children 1.9 in Vorarlberg, 2.1 in the Tirol, 1.5 in Vienna; highest number in the Lienz District (East Tirol) with 2.7 children per family.

Carinthie, Mallnitz, Visage d'enfant.
On a compté 1,99 million de familles en 1981; nombre moyen d'enfants 1,9 au Vorarlberg, 2,1 au Tyrol et 1,5 à Vienne; le nombre maximal, 2,7 enfants par famille, est trouvé dans la région de Lienz (Tyrol oriental).

Carinzia – Mallnitz, un bambino. 89
1981: 1,99 milioni di famiglie; numero medio di bambini 1,9 nel Vorarlberg, 2,1 nel Tirolo, 1,5 a Vienna; valore di punta nel distretto di Lienz (Tirolo dell'est) con 2,7 bambini per famiglia.

90 Vorarlberg, Lech am Arlberg.
Im Winter werden schneesichere, jedoch leicht erreichbare Schigebiete bevorzugt, daher ist das Gebiet um Lech mit der lawinengesicherten Zufahrtsstraße ein beliebtes Urlauberziel.

Minolta 9000, AF-Apo 2.8/200 mm.

Vorarlberg, Lech on the Arlberg.
In winter people prefer skiing areas where they can be certain of snow and still reach them easily and so the area around Lech with the access road protected from lavines is a popular holiday resort.

Vorarlberg, Lech am Arlberg.
En hiver, on donne la préférence à des régions de ski facilement accessibles; la région autour de Lech, grâce à la route d'accès protégée contre les avalanches, est une station des sports d'hiver recherchée.

Vorarlberg – Lech sul Arlberg.
D'inverno si preferiscono zone sciistiche con molta neve, facilmente raggiungibili. Per questo motivo Lech e i suoi dintorni, con la strada d'accesso con protezioni contro le valanghe, costituiscono mete preferite per le vacanze invernali.

91 Vorarlberg, Au.
1657 gründete hier Michael Beer die Meisterschule des Bregenzerwaldes, eine Baumeisterzunft; ihr entstammen die großen Klosterarchitekten des 17. und 18. Jahrhunderts, u. a. Zunftmeister Christian Thumb.

Minolta 9000, AF-Apo 2.8/200 mm.

Vorarlberg, Au.
In 1657 Michael Beer founded here the master school in the Bregenz Woods, a guild of master builders; the great monastery architects of the 17th and 18th centuries, including the guild chief warden Christian Thumb, were trained here.

Vorarlberg, Au.
Michael Beer y fonda en 1657 l'école des architectes de la forêt de Bregenz; les grands bâtisseurs de couvents du 17e et du 18e siècle ont fréquenté cette école, entre autres Christian Thumb, maître juré de la corporation.

Vorarlberg – Au.
Nel 1657 Michael Beer fondò in questo posto la „scuola dei maestri del bosco di Bregenz", una corporazione di architetti da cui derivano i grandi architetti di conventi del '600 e '700, fra l'altro il maestro Christian Thumb.

92 Vorarlberg, Schoppernau.
Besonders charakteristisches Bregenzerwälderdorf; Geburtsort des Dichters F. M. Felder (1839–1869) und des Schriftstellers F. M. Willam, eines Enkels Felders.

Minolta 9000, AF-Apo 2.8/300 mm.

Vorarlberg, Schoppernau.
A particularly typical Bregenz Woods village; birthplace of the poet F. M. Felder (1839–1869) and the author F. M. Willam, a grandson of Felder.

Vorarlberg, Schoppernau.
Village particulièrement caractéristique de la forêt de Bregenz; lieu de naissance du poète F. M. Felder (1839–1869) et de l'écrivain F. M. Willam, petit-fils de Felder.

Vorarlberg – Schoppernau.
Villaggio molto caratteristico per il bosco di Bregenz; luogo di nascita del poeta F. M. Felder (1839–1869) e dello scrittore F. M. Willam, nipote di Felder.

93 Burgenland, Mattersburg.
Bereits 1379 verlieh Graf N. v. Mattersburg dem Markt das Recht, fremde Weine im Ort weder einlassen noch ausschenken zu müssen; dies zeigt, daß Mattersburg schon damals über eine ansehnliche Weinbaufläche verfügt haben muß.

Minolta 9000, AF 2.8/135 mm.

Burgenland, Mattersburg.
In 1379 Count N. v. Mattersburg gave the market town the right neither to have to let foreign wine into the town nor to have to serve it; this shows that Mattersburg must already have possessed a considerable area of vineyards.

Burgenland, Mattersburg.
Le comte N. de Mattersburg conféra au marché le droit d'interdire l'entrée et la vente de vins étrangers en 1379; une preuve que Mattersburg possédait déjà à cette époque d'importants vignobles.

Burgenland – Mattersburg.
Già nel 1379 il duca N. v. Mattersburg conferì a questo mercato il diritto di poter non far entrare nel luogo e di poter non far servire vini stranieri; ciò dimostra che Mattersburg già allora deve aver potuto disporre di una superfice notevole dedicata alla viticoltura.

94

Burgenland, Stinatz.
Der Rauchfangkehrer wurde in Österreich zu einer Art Glückssymbol.

Minolta 9000, AF-Macro 2.8/100 mm.

Burgenland, Stinatz.
The chimneysweep has become an Austrian symbol of good luck.

Burgenland, Stinatz.
Le ramoneur est devenu en Autriche un porte bonheur.

Burgenland – Stinatz.
Lo spazzacamino in Austria è diventato una specie di portafortuna.

95

Burgenland, Neusiedler Bucht.
Im Nordburgenland ist der tiefstgelegene Teil Österreichs, weithin unter 200 m; ebener und im Sommer heißer, niederschlagsärmer als südliche Landesteile.

Minolta 9000, AF-Macro 2.8/50 mm.

Burgenland. Neusiedl Bay.
The lowest lying part of Austria is in northern Burgenland, well below 200 m; flatter, with less precipitation and hotter in summer than the southern part of the Province.

Burgenland, baie du Lac de Neusiedl.
Le nord du Burgenland est la région la plus basse de l'Autriche, au-dessous de 200 m; elle est plus plate et plus chaude en été et a moins de précipitations que les régions situées au Sud.

Burgenland – Conca di Neusiedl.
Nel Burgenland del nord si trova la parte più bassa dell'Austria, situata sotto i 200 m. Tante pianure che in estate sono molto aride e con meno precipitazioni che nelle altre parti meridionali del paese.

96

Niederösterreich, Dürnstein.
Die besondere Stimmung der österreichischen Weinlandschaft zeigt sich am deutlichsten in der Wachau, wo die Weinberge in Terrassen an den steilen Hängen kleben.

Minolta 9000, AF-Apo 2.8/200 mm.

Lower Austria, Dürnstein.
The special atmosphere of the Austrian vineyards can be seen most clearly in the Wachau, where they cling in steep terraces to the hillsides.

Basse-Autriche, Dürnstein.
L'atmosphère particulière des vignobles autrichiens se montre au mieux dans la Wachau où les vignes en terrasses sont collées sur les pentes abruptes.

Austria Inferiore – Dürnstein.
Soprattutto nella Wachau si fa sentire l'atmosfera suggestiva del paesaggio vinicolo austriaco. E' questa la zona dove i vigneti si arrampicano su per le terrazze di pendii scoscesi.

97

Steiermark, Salzatal bei Wildalpen.
Eines der steirischen Naturschutzgebiete mit weitgehender landschaftlicher Ursprünglichkeit und naturkundlicher Bedeutung.

Minolta 9000, AF-Macro 2.8/50 mm.

Styria, Salza Valley near Wildalpen.
One of the Styrian nature reserves with a largely unspoilt landscape and of importance to students of natural history.

Styrie, Wildalpener Salzatal.
Une des régions protégées de la Styrie ayant gardé son paysage naturel.

Stiria – Valle del Salza nelle Wildalpen.
Uno dei parchi naturali della Stiria che cerca di preservare gran parte dell'originalità paesaggistica e dell'importanza scientifica naturale di questa zona.

98

Steiermark, Pöllauberg.
Die im 14. Jahrhundert auf dem sogenannten Samstag- oder Frauenberg erbaute gotische Hallenkirche gehört zu den eigenwilligsten Werken der steirischen Gotik; vielbesuchter Wallfahrtsort.

Minolta 9000, AF-Apo 2.8/200 mm.

Styria, Pöllauberg.
Built in the 14th century on the "Saturday" or "Our Lady's" Mountain, this church is one of the most individual works from the Gothic period in Styria; a popular place of pilgrimage.

Styrie, Pöllauberg.
L'église construite sur la montagne dite Samstagberg ou Frauenberg est une des plus belles églises gothiques de la Styrie; important lieu de pèlerinage.

Stiria – Pöllauberg.
Questa chiesa a sala gotica, costruita nel '300 sulla cosiddetta collina del sabato o delle donne si annovera fra le opere più bizzarre del gotico stiriano. Santuario molto frequentato.

99 Tirol, Ötztal.
Schneesicherheit von November bis April, ein ausgebautes Netz von Schiliften und zahllose gute Pisten ließen dieses Gebiet zu einem Zentrum des Wintersports werden.

Minolta 9000, AF-Apo 2.8/200 mm.

Tirol, Ötz Valley.
The certainty of snow from November till April, plentiful skilifts and innumerable good pistes have made this area a winter sports centre.

Tyrol, Ötztal.
Enneigement assuré de novembre à avril, un large réseau de remonte-pentes et d'innombrables pistes ont fait de cette région un centre des sports d'hiver.

Tirolo – Valle Ötz.
Qui la neve è garantita da novembre ad aprile. Una larga rete di ski-lift e numerose piste ben preparate fanno di questa zona un centro dello sport invernale.

100 Steiermark, Wölzer Tauern.
Teil der Niederen Tauern, des beherrschenden Gebirgszuges der Obersteiermark; Gebirgskette zwischen Rottenmanner und Schladminger Tauern.

Minolta 9000, AF-Macro 2.8/50 mm.

Styria, Wölz Tauern.
Part of the Lower Tauern, the dominating range of mountains in Upper Styria; a chain of mountains between the Rottenmann and the Schladming Tauern.

Styrie, Wölzer Tauern.
Région faisant partie des Niedere Tauern, la chaîne qui domine la haute Styrie; chaîne de montagnes entre Rottenmanner et les Schladminger Tauern.

Stiria – Tauri di Wölz.
Parte dei Bassi Tauri – catena di montagne dominante della Stiria Superiore che si estende fra il Rottenmanner e i Tauri di Schladming.

101
102 Steiermark, „Ausseer Fasching".
Findet an den „heiligen drei Faschingstagen" (Faschingssonntag, Faschingsmontag und Faschingsdienstag) statt. Die „Trommelweiber", in Wirklichkeit Männer, ziehen in weißen Nachtgewändern mit Schlafhauben und glatten, lächelnden Masken zu den Klängen des „Ausseer Faschingsmarsches" durch den Ort. Sie symbolisieren der Überlieferung nach Frauen, die ihre Männer mit viel Lärm aus den Wirtsstuben getrieben haben sollen.

101 Minolta 9000, AF-Zoom 35–105 mm,
102 Minolta 9000, AF-Apo 2.8/200 mm.

Styria, Fasching in Aussee.
Takes place on the "three holy days of Fasching" (Sunday, Monday and Tuesday before Ash Wednesday). The "drummer women", actually men, in night-dresses and nightcaps and smooth, laughing masks, troop through the town to the strains of the "Aussee Fasching March". Tradition has it that they symbolize the women driving their menfolk out of the taverns with a great deal of noise.

Styrie, »carnaval d'Aussee«.
Il a lieu pendant les »trois jours saints du carnaval« (dimanche, lundi et mardi gras). Les »Trommelweiber« (femmes tambours), qui sont en réalité des hommes portant des masques hilarants, parcourent l'agglomération revêtus d'une chemise de nuit blanche et coiffés d'un bonnet aux sons de la »marche carnavalesque d'Aussee«. Ils symbolisent les femmes chassant à grands cris leurs époux des auberges.

Stiria – „Carnevale di Aussee".
Ha luogo i „tre giorni sacri del carnevale" (domenica, lunedì e martedì grasso). Le „donne con il tamburo", in realtà uomini travestiti, girovagano per il villaggio, vestite con camicie bianche da notte e cuffiette, nascoste dietro le loro maschere lisce e sorridenti, al suono della „marcia del carnevale di Aussee". Secondo una vecchia tradizione esse simboleggiano le donne che con molto baccano cacciano i mariti dalle osterie.

103
104 Tirol, Nassereith, „Schellerlaufen".
Der Winterbrauch hat das Wecken der Lebensgeister und die Vertreibung des Winters zum Inhalt; das „Laufen" soll die Erde bzw. die Saat wecken; zentrale Maskenfiguren, Scheller und Roller mit

Tirol, Nassereith, "Schellerlaufen".
A winter custom to awaken spirits of life and to drive away the winter; the "running" is supposed to awaken the earth and the seeds; central masked figures, bell-ringers and others with mirrors,

Tyrol, Nassereith, »Schellerlaufen«.
Fête folklorique pour éveiller les esprits de la vie et pour chasser l'hiver; »laufen« (courir) doit réveiller la terre et la semence; la tête des principales figures masquées est coiffée de miroirs, de paillettes

Tirolo – Nassereith,
„La corsa delle maschere dai sonagli".
Questa usanza invernale serve a risvegliare lo spirito della vita e scacciare l'inverno. La corsa deve destare la terra e la semenza. Maschere dai sonagli e

Spiegeln, Flitter und Federn als Kopfputz; umgeben von Hexen, Bären, Bärentreibern, Mohren- und Engelspritzer... Heimat des berühmten Maskenschnitzers F. J. Kranewitter.

Minolta 9000, AF-Apo 2.8/200 mm.

sequins and feathers as headdresses; surrounded by witches, bears and their keepers, Moors and angels . . . Home of the famous maskmaker F. J. Kranewitter.

et de plumes; les personnages sont entourés de sorcières, d'ours, de meneurs d'ours. Patrie du célèbre sculpteur de masques F. J. Kranewitter.

dalle raganelle, con copricapi di specchi, pagliette e piume, circondate da streghe, orsi, domatori di orsi, maschere more e altre dall'aspetto di angioletti. Luogo natale del famoso intagliatore di maschere, F. J. Kranewitter.

Vorarlberg, Gaschurn,
„Funkenabbrennen".
Außer mit Lärm und Maske sind die Faschingsbräuche gern mit Feuer verbunden wie hier in Vorarlberg, wo das „Funka-Abrenna" weit verbreitet ist: Eine auf der Spitze eines kunstvoll errichteten Holzstoßes („Funken") angebrachte pulvergefüllte Hexe muß mit lautem Knall die Reise in die Nacht antreten; denn nur dann wird das Jahr fruchtbar.

105 Minolta 9000, AF-Apo 2.8/200 mm,
106 Minolta 9000, AF-Apo 2.8/300 mm.

Vorarlberg, Gaschurn,
"Funkenabbrennen"
(burning off sparks).
In addition to noise and masks Fasching customs are often linked to fire as here in Vorarlberg where "Funka-Abrenna" is widespread: A witch filled with gunpowder and fixed to the top of an intricately built wood pyre ("Funken") must set out with a loud bang on a journey into the night, only then can the year be a fertile one.

Vorarlberg, Gaschurn,
»Funkenabbrennen«.
En dehors du bruit et des masques, les fêtes de carnaval sont souvent liées au feu, comme ici au Vorarlberg où la coutume de brûler des piles de bois est largement répandue: une sorcière remplie de poudre placée sur la pointe d'un bûcher artistiquement dressé doit commencer son voyage dans la nuit avec un bruit tonnant; dans cette condition seulement l'année sera fructueuse.

Vorarlberg – Gaschurn, 105
„Funkenabbrennen". 106
Oltre al baccano e le maschere, le usanze carnevalesche spesso si presentano con il fuoco, come qui nel Vorarlberg dove questa usanza è molto frequente. Una strega, collocata in cima ad un rogo eretto artisticamente (chiamato „Funken") viene riempita di polvere da sparo al quale viene poi dato fuoco. Con una forte detonazione la strega „parte" nel buio della notte, perché solo così l'anno potrà essere fertile.

Vorarlberg, Großes Walsertal.
Als ein von der Natur nahezu ausgezirkeltes V-Tal verläuft das Große Walsertal nördlich des Walgaus bis zu den Felskämmen des Bregenzerwaldes. Schwer zugänglich und abgeschieden; die typische Welt des Bergbauerntums, wo jeder nur ein paar Hektar Wiese und Wald und einige Alprechte besitzt.

Minolta 9000, AF-Apo 2.8/200 mm.

Vorarlberg, Great Wals Valley.
Almost geometrically V-shaped by Nature, the Great Wals Valley runs to the north of the Walgau to the rock ridges of the Bregenz Woods. Difficult of access and lonely; the typical world of the mountain farmer, where everyone has only a few hectares of meadow and wood and a few rights over the Alps.

Vorarlberg, Grosses Walsertal.
La vallée de Grosswalser, en forme de V tracé au compas par la nature, s'étend au nord du Walgau jusqu'aux crêtes rocheuses de la forêt de Bregenz. Difficilement accessible et à l'écart; le monde typique des paysans de montagne où chacun ne possède que quelques hectares de près et de forêt et le droit d'alpage.

Vorarlberg – Grosses Walsertal. 107
Come valle a V configurata dalla natura 108
in maniera quasi geometrica la Grosses Walsertal al nord del Walgau se estende fino alle creste rocciose del bosco di Bregenz. Poco accessibile e molto appartata, il mondo tipico dei contadini alpini dei quali ognuno possiede solo pochi ettari di prati e boschi e alcuni diritti pascolari.

109 Niederösterreich, Waldviertel.
Teil des rd. 400 bis 700 m hohen Gneis- und Granitplateaus, das als Böhmische Masse das alte europäische Grundgebirge bildet; relativ rauhes Klima; Siedlungen mit Rodungsnamen auf -schlag, -holz sind typisch.

Minolta 9000, AF-Macro 2.8/50 mm.

Lower Austria, Waldviertel (Forest District).
Part of the roughly 400 to 700 m high gneis and granite plateau which, as the Bohemian Massif, form the oldest European mountain foundation; relatively raw climate; settlements with clearing names ending in schlag (felled area) and holz (wood) are typical.

Basse-Autriche, Waldviertel.
Il constitue une partie du plateau de gneiss et de granite haut de 400 à 700 m formant la masse bohémienne, le vieux massif de base de l'Europe; climat relativement rude; les noms des agglomérations sont constitués de mots rappelant l'abattage et le bois.

Austria Inferiore – Waldviertel.
Parte dell'alta pianura di gneiss e granito, alta circa 400–700 m, che, quale parte del Massiccio di Boemia, forma la cosiddetta „vecchia montagna fondamentale europea"; clima relativamente rigido. Sono tipici gli insediamenti i cui nomi hanno dei suffissi che si riferiscono al dissodamento, come p. e. le desinenze -schlag e -holz.

110 Niederösterreich, Gmünd, Blockheide.
Granitfindlinge, „Wackelsteine", Schalensteine und dazu der allgegenwärtige Wald geben hier der Landschaft ein unverwechselbares Gepräge.

Minolta 9000, AF-Macro 2.8/50 mm.

Lower Austria, Gmünd, stony heath.
Granite boulders, "rocking stones" and the ever-present woods give the landscape here an unmistakable stamp.

Basse-Autriche, Gmünd, Blockheide.
Les pierres de granite »Wackelsteine« (pierres branlantes), les Schalensteine (pierres en coque) et la forêt confèrent au paysage son cachet particulier.

Austria Inferiore – Gmünd.
Caratterizzata dalla brughiera frastagliata e sassosa, dalle rocce e dai massi erratici di granito, dai menhir e dal vento onnipresente che plasmano inconfondibilmente la regione.

111 Tirol, Mieminger Gebirge.
Spannt sich von Seefeld westlich weiter nach Nassereith, zwischen Inntal und Wettersteingebirge, geprägt von Hochwäldern und Gipfeln, wie Hochplattig und Grünstein.

Minolta Dynax 7000i, AF 2.8/135 mm.

Tirol, Mieming Mountains.
Stretching from Seefeld west to Nassereith between the Inn Valley and the Wetterstein Mountains, characterized by high forests and peaks like Hochplattig and Grünstein.

Tyrol, les montagnes de Mieming.
Elles s'étendent vers l'ouest, de Seefeld à Nassereith, entre la vallée de l'Inn et les montagnes de Wetterstein, marquées par les splendides forêts et l'univers rocheux.

Tirolo – Montagne di Mieming.
Si estende dal Seefeld verso l'ovest fino a Nassereith, fra la valle dell'Inn e le montagne del Wetterstein, un massiccio contraddistinto da fustaie e vette come il Hochplattig e il Grünstein.

112 Salzburg, Krimmler Fälle.
In den Krimmler Tauern aus der Krimmler Ache; Fallhöhe von 380 m verteilt sich auf drei Stufen; sie gehören zu den höchsten Wasserfällen Europas und der Erde.

Minolta 9000, AF-Apo 2.8/200 mm.

Salzburg, Krimml Falls.
In the Krimml Tauern from the Krimml Ache; falling 380 m in three steps; one of the highest waterfalls in Europe and in the world.

Salzbourg, les cascades de Krimml.
Dans les Tauern de Krimml, issues de l'Ache de Krimml; hauteur de chute 380 m, réparties sur trois niveaux; un de les plus hautes chutes de l'Europe, et dans le monde.

Salisburgo – Le cascate di Krimml.
Esse provengono dai Tauri di Krimml e precipitano per 380 m su tre terrazze; sono una delle cascate più alte d'Europa e di tutto il mondo.

113 Vorarlberg, Gauertal.
Die Braut im weißen Hochzeitskleid. Die Drei Türme im Hintergrund.

Minolta 9000, AF 2.8/135 mm.

Vorarlberg. Gau Valley.
The bride all in white. The Three towers in the background.

Vorarlberg, Gauertal.
La fiancée en »robe blanche«. Trois tours s'esquissent à l'arrière-plan.

Vorarlberg – Gauertal.
La usanza della sposa con l'abito bianco. Sullo sfondo Tre torri.

114

Burgenland, Lockenhaus.
Doppelburg, aus der aus dem 17. Jahrhundert stammenden Unterburg und der romanisch-gotischen Hochburg (erstmals 1242 urkundlich erwähnt) entstanden; mächtige, unregelmäßige Anlage auf einem von der Güns umflossenen Felsriegel.

Minolta 9000, AF 2.8/24 mm.

Burgenland, Lockenhaus.
Double castle comprising the Lower Castle from the 17th century and the Romanesque-Gothic Upper Castle (first mentioned in documents in 1242); a mighty layout on a spur of rock jutting into the Güns.

Burgenland, Lockenhaus.
Double château, le château bas date du 17ᵉ siècle et le château haut, en style roman et gothique, a été mentionné pour la première fois en 1242; une imposante construction située sur un rocher entouré des eaux de la Güns.

Burgenland – Lockenhaus.
Castello doppio nato dalla fortezza inferiore del '600 e quella superiore in stile romanico-gotico (prima documentazione ufficiale nel 1242); impianto impressionante eterogeneo, situato su una roccia circondata dal fiume.

115

Salzburg, Burg Hohenwerfen.
Erstmals 1077 erwähnt; wichtige Schutzburg an der Nord-Süd-Verbindung; mehrere bauliche Veränderungen, entscheidende Bauphase von 1530 bis 1580, im Stil italienischer Festungsbaukunst.

Minolta 9000, AF-Apo 2.8/200 mm.

Salzburg, castle Hohenwerfen.
First mentioned in 1077; important defensive castle on the North-South route; often rebuilt, the decisive phase of building from 1530 to 1580 in the style of Italian fortress construction.

Salzbourg, château Hohenwerfen.
Forteresse importante mentionnée pour la première fois en 1077 protégeant la liaison Nord-Sud; remaniée à plusieurs reprises; phase de construction déterminante de 1530 à 1580; style italien.

Salisburgo – Castello Hohenwerfen.
Menzionata per la prima volta nel 1077, la fortezza di difesa ebbe sempre una grande importanza per il collegamento nord-sud; diverse modifiche nelle fasi di costruzione. Fase decisiva di costruzione fra il 1530 e il 1580 alla maniera dell'architettura di fortezze italiane.

116

Niederösterreich, Seebenstein,
gotischer Bergfried.
Die Anlage wurde mehrmals umgebaut; bekannt durch die „Wildensteiner Ritterschaft auf blauer Erde“, vom Kaiser 1823 der Geheimbündelei verdächtigt und aufgelöst.

Minolta 9000, AF-Apo 2.8/200 mm.

Lower Austria, Seebenstein, Gothic keep.
Frequently altered. Became well-known through the "Wildenstein Knights on Blue Earth" which was dissolved by the Emperor in 1823 on suspicion of conspiracy.

Basse-Autriche, Seebenstein,
donjon gothique.
L'installation a été remaniée à plusieurs reprises; rendue célèbre par la »Wildensteiner Ritterschaft auf blauer Erde« (chevalerie de Wildenstein sur terre bleue), soupçonnée d'alliance secrète par l'empereur et dissolue en 1823.

Austria Inferiore – Seebenstein,
battifredo gotico.
L'impianto fu modificato diverse volte; conosciuto per la „comunità dei cavalieri di Wildenstein su terra blu“, una comunità che fu sciolta dall' imperatore nel 1823, per sospetta appartenenza ad un'associazione segreta.

117

Steiermark, Kultwagen von Strettweg.
Bronze aus der Hallstattkultur, 7. Jahrhundert v. Chr.; bedeutendster Fund dieser Zeit in der Steiermark (Judenburg), ausgestellt im Schloß Eggenberg in Graz.

Minolta 9000, AF-Macro 2.8/100 mm.

Styria, ritual chariot from Strettweg.
Bronze from the Hallstatt culture, 7th century B. C.; the most important discovery from this period in Styria (Judenburg), exhibited in Castle Graz-Eggenberg.

Styrie, chariot de Strettweg.
Bronze, période de Hallstatt, 7ᵉ siècle av. J. C.; découverte importante datant de cette époque en Styrie (Judenburg), exposée au château Graz-Eggenberg.

Stiria – Strettweg,
carrozza bronzea di culto.
Appartenente alla cultura di Hallstatt, 7° secolo a. C. E' il più importante reperto archeologico di questa epoca scoperto in Stiria (Judenburg) e viene esposto nel castello di Graz-Eggenberg.

118 Niederösterreich, Großmugl.
Grabhügel aus der Hallstattzeit, um 800 v. Chr.
„Mugl" aus dem slawischen „Mogila" (Hügel).

Minolta 9000, AF 2.8/24 mm.

Lower Austria, Grossmugl.
Burial mounds from the Hallstatt Period about 800 B. C.
"Mugl" comes from the Slav "mogila" (hill).

Basse-Autriche, Grossmugl.
Tombe datant de l'époque de Hallstatt, vers 800 av. J. C.
Le terme »Mugl« vient du slave »mogila« (monticule).

Austria Inferiore – Grossmugl.
Periodo di Hallstatt, tumulo, 800 a. C.
Il nome „Mugl" deriva dalla parola slava „Mogila" e cioè collina.

119
120 Salzburg, Mariapfarr, „Samsonumzug".
Zwischen Fronleichnam und Mariä Himmelfahrt (15. August) zieht ein bärtiger, behelmter Riese, der „Samson", durch den Salzburger Lungau und das Steirische; von den Kapuzinern aus Bayern, wo solche riesenhaften Masken bereits seit 150 Jahren bekannt waren, hierhergebracht; Tunika und Krummsäbel – die bildliche Verbindung zu den ehemaligen Türkeneinfällen.

Minolta 9000, AF 2.8/24 mm.

Salzburg, Mariapfarr, "Samson" procession.
Between Corpus Christi and the Assumption of the Virgin (15 August) a bearded and helmeted giant, "Samson", wanders through the Salzburg Lungau and Styria; taken over from the Capuchins of Bavaria, where such enormous masks have been known for 150 years; tunic and scimitar – a visible reminder of the former Turkish invasions.

Salzbourg, Mariapfarr, »Samsonumzug«.
Un géant barbu, casqué, Samson, traverse le Lungau, le district le plus méridional de la province de Salzbourg, entre la Fête-Dieu et l'Assomption (15 août). Les masques gigantesques sont originaires de la Bavière où on les connait depuis 150 ans. La tunique et le cimeterre rappellent les invasions turques.

Salisburgo – Mariapfarr, „processione di Sansone".
Fra Corpus Domini e Ascensione di Maria (15 agosto) un gigante barbuto, appunto Sansone, girovaga, con il suo elmo caratteristico, per la zona salisburghese del Lungau e per la Stiria; un'usanza introdotta dai cappuccini bavaresi, dove queste maschere gigantesche erano conosciute già da 150 anni; tunica e scimitarra – il collegamento simbolico con la calata dei turchi.

121 Steiermark, Frauenberg.
Wallfahrtskirche bei Admont, entstanden 1404 unter Abt Gleussler; nach einer Legende wurde hier eine Marienstatue vom Hochwasser der Enns angeschwemmt; im 17. Jahrhundert barocker Neubau von Carlantonio Carlone.

Minolta 9000, AF-Apo 4.0/600 mm.

Styria, Frauenberg.
Pilgrimage church near Admont erected 1404 under Abbot Gleussler; according to legend, a statue of the Virgin was washed up here by the Enns in flood; rebuilt in Baroque style in the 17th century by Carlantonio Carlone.

Styrie, Frauenberg.
Eglise de pèlerinage près d'Admont, construite en 1404 sous l'abbé Gleussler; selon la légende, les crues de l'Enns auraient amené et déposé une statue de la Vierge. La construction nouvelle en style baroque de Carlantonio Carlone date du 17e siècle.

Stiria – Frauenberg.
Santuario vicino ad Admont, fondato nel 1404 sotto l'abate Gleussler e barocchizzato nel '600. Fu in questo luogo che secondo una leggenda, in seguito a una inondazione del fiume Enns, venne ritrovata una statua di Maria. Nel '800 ricostruzione barocca di Carlantonio Carlone.

122 Tirol, um Innsbruck nach dem Regen.
Farbige Lichterscheinung auf sonnenbeschienenen Regenwolken ergaben diesen außergewöhnlich starken Regenbogen.

Minolta 9000, AF 2.8/135 mm.

Tirol, after rain near Innsbruck.
Colourful light phenomena on sunlit rain clouds produced this unusually strong rainbow.

Tyrol, près d'Innsbruck après la pluie.
La réfraction et la réflexion des rayons de soleil dans les nuages de pluie ont produit ce magnifique arc-en-ciel.

Tirolo – dintorni di Innsbruck dopo la pioggia.
Riflessi luminosi variopinti sulle nuvole soleggiate provocavano questo fantastico arcobaleno.

123

Steiermark, Admont, Prunksaal der Stiftsbibliothek (größter klösterlicher Büchersaal der Welt).
Besonders hervorzuheben die 18 überlebensgroßen Skulpturen, geschaffen von Josef Stammel, darunter die „Vier Letzten Dinge“; zweite Hälfte des 18. Jahrhunderts.

Minolta 9000, AF 2.8/24 mm.

Styria, Admont, the Ceremonial Hall of the monastery library (the largest monastery bookroom in the world).
Particularly worthy of note are the 18 larger than life sized sculptures by Josef Stammel, including the "Four Last Things"; second half of the 18th century.

Styrie, Admont, salle d'apparat (la plus grande du monde) de la bibliothèque du monastère.
Les 18 œuvres plastiques dont les »quatre dernières choses« sont l'œuvre de Josef Stammel; deuxième moitié du 18e siècle.

Stiria – Admont, sala di gala della biblioteca del convento (maggiore biblioteca conventuale del mondo).
Vanno particolarmente messe in rilievo le 18 sculture di Josef Stammel, più grandi del naturale, fra l'altro „I quattro ultimi oggetti“, seconda metà del '600.

124

Tirol, Stift Stams, „Barockengel“.
Von Italien kommend, hielt das Barock in Österreich im frühen 17. Jahrhundert zögernd seinen Einzug und setzte sich gegen Ende des Jahrhunderts im Zuge der Türkensiege machtvoll durch.

Minolta 9000, AF-Macro 2.8/50 mm.

Tirol, Stams Monastery, "Baroque angel".
Brought from Italy, in the early 17th century the Baroque style was slow to take root but then began its triumphal way towards the end of the century in the wake of the victories over the Turks.

Tyrol, couvent de Stams.
»Ange baroque.« Venant d'Italie, l'art baroque se propagea lentement en Autriche au début du 17e siècle et s'y imposa vers la fin du siècle au cours des victoires remportées sur les Turcs.

Tirolo – Convento di Stams, „angioletto barocco“.
Proveniendo dall'Italia il barocco fece il proprio ingresso in Austria con esitazione, e si affermò decisamente solo verso la fine del secolo al tempo delle vittorie contro i turchi.

125

Wien, Creditanstalt-Bankverein, Julius-Tandler-Platz.
Postmoderner Stadtspiegel, Reflektor neuer Urbanität.

Minolta 9000, AF 2.8/24 mm.

Vienna, Creditanstalt-Bankverein, Julius-Tandler-Platz.
Post-modern city mirror, reflector of the new urbanity.

Vienne, Creditanstalt-Bankverein, Julius-Tandler-Platz.
Reflet urbain moderne.

Vienna – Creditanstalt-Bankverein, Julius-Tandler-Platz.
Specchio post-moderno della città, riflesso di una nuova urbanità.

126

Wien, Schloß Schönbrunn, Parkplatz.
Symbolik oder Zufall? Metapher für Einigung im Gegensatz.

Minolta 9000, AF-Macro 2.8/100 mm.

Vienna, Schönbrunn Castle, parking area. Symbolism or accident? Metaphor for unity of opposites.

Vienne, château de Schönbrunn.
Parking. Symbolisme ou hasard? Métaphore de l'accord dans le contraste.

Vienna – Palazzo di Schönbrunn, parcheggio.
Simbolo o coincidenza? Metafora per l'unione nel contrasto.

127

Steiermark, Piber.
Seit 1920 Verwaltungssitz des Lipizzaner-Gestüts der Spanischen Reitschule; davor Remontendepot; ursprünglich ärarisches Gestüt Josephs II.

Minolta 9000, AF-Apo 2.8/200 mm.

Styria, Piber.
Since 1920 the administrative seat of the Lipizzan stud of the Spanish Riding School; in the foreground remount depot; originally Joseph II's fiscal stud.

Styrie, Piber.
Siège administratif du haras des Lipizzans de l'Ecole d'équitation espagnole. Auparavant remonte; à l'origine haras national de Joseph II.

Stiria – Piber.
Dal 1920 sede amministrativa dell'allevamento dei lipizzani della Scuola di Equitazione Spagnola; un tempo riserva di cavalli di rimonta. Originariamente scuderia erarile di Giuseppe II.

Nachwort

Wahrnehmung ist eine komplexe Symbiose aller Sinneseindrücke und Gedanken, ist immer subjektiv, und ihr Ergebnis, ein gewisses Bild der Dinge, ist persönlichstes geistiges Produkt. Wahrnehmung zu vermitteln bedeutet so gesehen daher den Versuch, persönliche Meinung weiterzugeben. Wollen wir uns nun der Einfachheit halber auf die semiotische Trinität von Objekt – Kamera – Bild berufen, so können wir sagen: Das fotografische Bild ist ein Eingriff der Kamera in den Objektbereich. Das Fotobild ist anders als das Objekt, anders, als unsere Augen das Objekt wahrnehmen. Mit Hilfe der Mittel der Fotografie gelingt es uns, eine Wahrnehmung in Gang zu setzen, wie sie das bloße Auge nicht erreichen kann, was uns die Umwelt anders erscheinen läßt und letztlich den berühmten „fotografischen Blick" ermöglicht, der sich wiederum der fotografischen Möglichkeiten bedient, um die Wirklichkeit so wahrzunehmen bzw. erscheinen zu lassen, wie es seine Intention ist, seiner Inszenation entspricht. Das Instrumentarium dieser formalen Operationen, denen diese fotografisch inszenierte Wahrnehmung unterworfen wird, ist breit gefächert: Die Aufmerksamkeit für den entscheidenden Augenblick. Die Geduld, auf den richtigen Moment zu warten. Den Augenblick festzuhalten, den einem die Gunst des Zufalls schenkt. Einen Winkel finden, der eine neue Sicht ermöglicht.

In dem hier vorliegenden Buch war die Essenz all dessen, Österreich als Gesamtkunstwerk zu sehen. Österreich, österreichischer Nationalismus, den es eigentlich nicht gibt, aber doch gibt, als eine Form von österreichspezifischem Manierismus sowie eklektische Meinungsvielfalt, eben Österreichertum. Österreich nur in Bildern betrachtet oder nur in Worten gelesen bedeutet Diskrepanz. Widersprüche. Ebenso nur den Menschen, die

Epilogue

Perception is a complex symbiosis of all sensual impressions and thoughts. It is always subjective and its result, a certain view of things, is an entirely personal mental product. Seen thus, to communicate perception means to attempt to pass on a personal opinion. If, for the sake of simplicity, we refer to the semiotic trinity of object – camera – picture, we can say that a photographic picture is an intrusion by the camera into the realm of the object. The photo-picture is different from the object and from what our eye perceives as the object. With the help of photography we are able to set a perception in motion which the eye cannot achieve, which makes our environment appear different and finally permits the famous "photographic eye", which in turn makes use of the possibilities of photography to perceive reality so or to make it appear as the photographer intends, according to his staging of reality. The instruments of these formal operations, to which photo-arranged reality is subject, are manifold: an awareness for the decisive instant, the patience to wait for the right moment, to hold fast the moment offered by the vagaries of chance, to find an angle that permits a new view of the object.

In the present book the essence of all these was to see Austria as a "gesamtkunstwerk". Austria, Austrian nationalism, which does not actually exist and yet does exist as a form of Austro-specific mannerism and eclectic variety of opinion, i. e. simply the state of being Austrian. Viewing Austria only in pictures or only through words results in discrepancy, contradiction – only seeing and interpreting the person, landscape or culture. Even cross-relations can in turn only create, even in context, new discrepancies and differences. Thus the most legitimate and successful way of viewing seemed to us to be a symbiosis of pictures and words.

Postface

La perception est une symbiose complexe de nos impressions sensorielles et de nos pensées. Elle est toujours subjective et son résultat, une certaine idée des choses, est toujours un produit intellectuel personnel. Dans cette optique, vouloir communiquer une perception revient à vouloir transmettre une opinion personnelle. Si nous nous référons, pour simplifier les choses, à la trinité sémiotique objet – caméra – image, nous pouvons dire que l'image photographique est une intervention de la caméra dans la sphère de l'objet. La photo diffère de l'objet, est distincte de la perception visuelle de l'objet. A l'aide des moyens de la photographie, nous créons une perception différente de l'impression que nous donne l'œil, une perception qui nous révèle un autre environnement et qui est, en fin de compte, l'expression du fameux »coup d'œil photographique« qui, de son côté, utilise les possibilités de la photographie pour percevoir ou faire paraître la réalité d'une façon qui correspond à son intention, à sa mise en scène. Les instruments de ces opérations formelles, instruments auxquels est soumise cette perception scénique photographique, sont très variés: attente attentive de l'instant décisif, patience d'attendre le bon moment, saisir l'instant que la faveur du hasard nous offre, trouver un angle qui autorise une nouvelle vue.

Dans ce livre, la quintessence de tout ceci était de voir l'Autriche sous forme d'une œuvre d'art globale. Montrer l'Autriche, le nationalisme autrichien, qui au fond n'existe pas, tout en existant, sous une forme maniérique, spécifiquement autrichienne, et une disposition d'esprit éclectique, bref sous forme d'exaltation du sentiment national autrichien. Voir l'Autriche uniquement en images, ou lire seulement des mots qui dépeignent l'Autriche, en donne une vue disparate, voire contradictoire, de même d'ailleurs que si l'on ne voit, et n'interprète, que les êtres humains, le

Epilogo

La percezione è una simbiosi complessa di tutte le impressioni sensorie e dei pensieri, essa è sempre soggettiva e il suo risultato, una certa visione delle cose, è sempre un prodotto spirituale individuale. Trasmettere questa percezione significa quindi cercare di trasmettere un'opinione personale. Se per motivi di semplicità ci riferiamo alla trinità semiotica di oggetto, macchina fotografica e immagine, possiamo ora affermare quanto segue: L'immagine fotografica è un intervento da parte della macchina fotografica nel campo degli oggetti. La foto è diversa dall'oggetto, e diversa da come il nostro occhio lo percepisce. Grazie al mezzo della fotografia riusciamo a sintonizzare su un tipo di percezione che l'occhio da solo non è in grado di captare, riuscendo così a presentarci il mondo che ci circonda in modo diverso. Si sperimenta così il famoso „sguardo fotografico" che si avvale delle possibilità offerte della fotografia per far percepire e per far apparire la realtà in corrispondenza alle proprie intenzioni, alla propria messa in scena. E' molto vasta la gamma dello strumentario di queste operazioni formali, alle quali sono sottoposte queste percezioni messe in scena fotograficamente: La sensibilità per il momento decisivo. La pazienza aspettando il momento giusto. Poi bisogna prendere al volo il momento giusto regalato dalla pura coincidenza. E infine trovare un angolo che permetta una nuova visione delle cose.

Nel presente libro l'essenza di tutto ciò sta nella presentazione dell'Austria come pezzo d'arte omogeneo. L'Austria, il nazionalismo austriaco che in verità non esiste, ma esiste, come forma di manierismo specificamente austriaco, nonché ricchezza eclettica d'opinioni, cioè austriacità. L'Austria contemplata unicamente in immagini o letta unicamente in parole significa una discrepanza, significa contraddizione. E ciò vale anche nel caso

Landschaft oder Kultur zu sehen, zu interpretieren. Selbst Querverbindungen schaffen wiederum nur, obwohl durchaus im Konnex, neue Diskrepanz und Differenz. So schien uns die legitimste und erfolgreichste Art der Betrachtung eine symbiotische über Wort und Bild.
Die Bilder beschreiben Österreich als Natur- und Kulturlandschaft, als visuelles Gebäude, als Bretter für das Welttheater. Die Deutungsvielfalt und mannigfaltige Diskrepanz in und durch diese Bilder wird erst in Symbiose und Kongruenz mit der textlichen Rezeption zu einer Einheit. Natürlich besteht Österreich nicht nur aus schönen Bildern, im Gegenteil, Schönheit ist oft nur mehr im Kleinen gegeben, im Detail zu finden, muß gesucht und inszeniert werden.
Wir zeigen hier nur die „Bühne Österreich", jedoch mit dem Wissen, daß jeder um die Hintergründe eines Theaterbetriebes, um die Mechanik, die Technik, die Besetzungspläne und Intrigen, den Schmutz und den Staub hinter und unter der Bühne weiß. Und doch, vielleicht ist Österreich die schönste Bühne der Welt.
Was nun meine Ausrüstung und Arbeitsweise betrifft, so hat sich seit meinen Anfängen nicht viel geändert. Die Verwendung sowohl der herkömmlichen Minolta-Spiegelreflexausrüstung als auch des Minolta-Autofocus-SLR-Systems samt Minolta-Objektiven verschiedenster Brennweiten ist für mich immer noch selbstverständlich. Filter benutze ich, ausgenommen den Polarisationsfilter, keine. Soweit es gestattet oder möglich ist, verwende ich jedoch für viele Aufnahmen ein Stativ.

Zum Abschluß möchte ich all jenen, die bei der Realisierung dieses Projektes geholfen haben, sowie allen, die mir bewußt oder unbewußt Modell gestanden haben, danke sagen.

Hans Wiesenhofer

The pictures describe Austria as a natural and cultural landscape, as a visual building, as a stage for the World Theatre. The variety of interpretation and manifold discrepancies in and through these pictures will only become a unity in symbiosis and accord with the textual reception. Naturally, Austria does not consist only of beautiful pictures; on the contrary, beauty is often only to be found in the small things, in the details and must be sought out and set in the scene.
Here we show only the "Austrian stage"; nevertheless, in the knowledge that everyone knows the background of theatre business, the mechanics, technology, the casting plans and intrigues, the dirt and dust behind and under the stage.
And yet Austria is perhaps the most beautiful stage in the world. With regard to my equipment and method of working, not much has altered since I began. The use of the normal Minolta reflex equipment, the Minolta Autofocus-SLR system and Minolta lenses of the most varied focal lengths is still a matter of course for me. I do not use filters, apart from a polarization filter. As far as permitted or possible, however, I use a tripod for every exposure.

Finally, I should like to say "Thank you" to all those who have helped in the realization of this project, together with all those who consciously or unconsciously were my models.

Hans Wiesenhofer

paysage ou la culture. Même les renvois, quoique placés dans le contexte, ne créent que de nouvelles disparités et différences. Une contemplation symbiotique nous semblait donc plus légitime et plus prometteuse.
Les images décrivent l'Autriche sous forme de paysage naturel et culturel, sous forme d'édifice visuel, de scène du Théâtre du Monde. Les interprétations multiples et la disparité que ces images autorisent ne forment une unité que dans la symbiose et la congruence avec la perception du texte. Naturellement, l'Autriche n'est pas seulement constituée de belles images, bien au contraire, souvent la beauté ne ressort que dans le détail et doit être cherchée et mise en scène.
Nous présentons ici la »scène autrichienne« sachant que tout le monde connait les dessous d'un théâtre, les mécanismes, la technique, les plans de distribution et les intrigues, la boue et la poussière derrière et sous la scène.
Et pourtant, l'Autriche est peut-être la plus belle scène du monde? Quant à mon équipement et à ma manière de travailler, peu de choses ont changé depuis mes débuts. J'utilise toujours l'équipement reflex conventionnel de Minolta et le système autofocus SLR de Minolta avec les objectifs Minolta à plusieurs foyers. Je n'emploie pas de filtres, hormis un filtre de polarisation. Mais dans la mesure où cela est permis ou possible, je me sers d'un trépied.

Pour terminer, je tiens à remercier tous ceux qui m'ont aidé à réaliser ce projet et tous ceux qui m'ont servi de modèles volontairement ou sans le savoir.

Hans Wiesenhofer

che si voglia vedere e interpretare solo l'uomo, o il paesaggio o la cultura. Anche dai collegamenti fra queste categorie, per quanto stiano in una connessione l'una con l'altra, risultano altre discrepanze, altre differenze. Perciò il modo più legittimo, più efficace ci è sembrata la contemplazione simbiotica attraverso la parola e l'immagine.
Le foto descrivono l'Austria come paesaggio naturale e culturale, come struttura visuale, come palcoscenico per il teatro mondiale. La varietà d'interpretazione e la svariata discrepanza in e tramite queste immagini diventa unità solo nella simbiosi e nella congruenza con la recezione testuale.
Certamente l'Austria non consiste solo di belle immagini, tutt'al contrario, la bellezza spesso si limita ai dettagli, va cercata e va messa in scena.
Qui facciamo vedere solo il "palcoscenico dell'Austria", contando però sul fatto che tutti siano al corrente di ciò che accade dietro le quinte del teatro, della meccanica, della tecnica, della distribuzione delle parti, degli intrighi, che tutti siano al corrente delle immondizie e della polvere dietro e sotto le quinte.
E ciò nonostante, l'Austria, probabilmente, è il palcoscenico più bello del mondo.
Per quanto riguarda la mia attrezzatura, il mio modo di lavorare durante gli anni è cambiato di poco. Mi è rimasto familiare l'uso della tradizionale attrezzatura Minolta di riflessione speculare, come quello del sistema SLR di focolaio automatico e gli obiettivi della Minolta con diverse distanze focali. Non uso filtri eccetto quello di polarizzazione. Ma, là dov'è lecito e possibile, applico per molte riprese un treppiede.

Finendo vorrei ringraziare tutti coloro che mi hanno dato una mano per la realizzazione di questo progetto nonché tutti coloro che mi hanno fatto – se lo sapevano o no – da modello.

Hans Wiesenhofer